Eventyr-antologien 2023

Kolofon:

Udgiver - Lone Rytsel
Forlag: BoD – Books on Demand, Hellerup, Danmark
Tryk: BoD – Books on Demand, Norderstedt, Tyskland
ISBN 9788743055952

Indholdsfortegnelse

Side	
5	Eventyret, der tog på eventyr – Mona Hvid
11	Den gamle – Mona Hvid
19	Drage på eventyr – Mona Hvid
25	Eventyret om den onde I-man og I-pattebørnene - Niels Torben Volqvartz
36	Et hjerte af guld – Birthe Aela Faarvang
44	Udsyn – Ellen Johanne Larsen
55	Nissen fra Sverige – Eva Schrøder Hare
67	Da lille Ellen blev væk fra far og mor – Peter-Hasse Bjørkmann
71	Lysestagen – Emil Probst
82	Er der en Fe-verden – Lone Rytsel
91	Da julens magi blev borte – Lene Holm Hansen
96	Elverpigen Elvira - Jetthe Juanitta Tengwen Damgård

FORORD

Eventyr er både for børn og voksne. Derfor er der flere slags eventyr i denne bog.

Baggrunden for Antologien var ”Gyldne dage i Præstø” - et arrangement, hvor Sandvig Folkeoplysning og Fortælleværkstedet deltog sammen med Bogforlaget i Sandvig.

En bod med H.C. Andersen kager, som gav mange gode historier, fordi det krævede en lille fortælling, før man kunne få en kage, og der var informationer om vores undervisning og bogudgivelser samt oplæsning af ”Det er ganske vist” og ”Klodshans”.

Men der var også en konkurrence om at skrive et eventyr, som kunne blive udgivet i Eventyr-Antologien 2023.

Alle eventyrtekster er medtaget, som forfatterne har skrevet dem. Derfor står de meget forskellige og som de originale tekster.

Håber læserne vil se det sjove i så forskellige eventyrtekster, at de måske vil bruge dem som julegaveideer eller mandelgaver.

God fornøjelse
Lone Rytsel

FSC
www.fsc.org
MIX
Papir fra
ansvarlige kilder
Paper from
responsible sources
FSC® C105338

Eventyret, der drog på eventyr

Der var engang et eventyr, som så gerne ville opleves. Det var parat til at blive oplevet og var så forventningsfuldt, at det nærmest dirrede.
Hvor skal jeg tage hen for at blive oplevet, tænkte det rejseklar eventyr.
Efter at have tænkt sig godt om, besluttede det at tage til et lille land: Jeg har hørt, at de er meget optagede af eventyr. De taler om eventyrlige rejser og eventyrligt dækkede borde, eventyrligt smukke og meget andet eventyrligt. Men det er jo også i det land, at den store digter var født. Den store digter, som havde skrevet så mange eventyr, der var oversat til over 160 sprog.
Joh, det måtte være det rigtige land at tage hen for at blive oplevet.

Den store digter havde sagt, at rejse er at leve – så må det vel også være på rejser, at jeg lettest kan blive oplevet, tænkte eventyret. Jeg tror, at jeg tager et tog.

Der var mange mennesker i toget. Det bliver nemt at finde nogen, der gerne vil opleve et eventyr.
Men der var ingen, som den kunne få kontakt til – nogle sov, ja, der var faktisk en del, der tog sig en lur, og resten de sad og kiggede ned i andre verdner på en skærm. Nogle skærme var store og stod på et lille bord, andre sad med deres skærm i skødet. De får da ondt i deres kroppe, tænkte eventyret. Andre skærme var mindre. De fleste sad og kiggede på noget meget vigtigt, som ikke skete lige i toget, men et helt andet sted.

Eventyret forsøgte at få kontakt, prikkede en gammel mand, der så noget trist ud, på skulderen. Han trængte vist til at opleve et eventyr, hvis han skulle have mere liv i sine sidste leveår. Han mærkede det ikke, for han var så optaget af alt det forfærdelige, der netop nu skete ude i verden, som han så på sin skærm. Og alle hans tanker kredsede om alt det forfærdelige, og han tænkte igen og igen, at verden var af lave, og det var meget bedre i gamle dage.
Eventyret opgav den gamle mand – det ville ellers kunne have blevet et rigtig godt eventyr.

Der var også en lille dreng, som han gerne ville i kontakt med, men han havde så travlt med at proppe slik i hovedet, at han nærmest var i en sukkerdøs.

Hov, der var en ung pige – hun måtte da være parat til eventyr.
Igen ingen kontakt: hun havde så travlt med at sammenligne sig med andre unge kvinder, som havde succes. Og hun var så optaget af, hvordan hun kunne få sig selv til at ligne en smuk prinsesse ved at ændre på sit foto og var så optaget af, hvordan hun kunne vise verden, hvor fantastisk spændende et liv hun havde. Ja, det var hun vist så optaget af det, at hun måske ikke havde tid til at opleve tingene, men kun hvordan hun kunne "rapportere" det til den lille skærm.
U-ha, tænkte eventyret, lad mig komme væk. Eventyr duer ikke til dem, der hele tiden sammenligner sig med andre. De er jo ikke åbne for det magiske, det uventede og det uforudsigelige, for de bruger jo al deres energi på at måle og veje og lave sig selv om, for at blive "gode nok." Det er der altså ikke meget eventyr i, men det er nemt at blive godt og vel utilfreds med sig selv ved at leve på den måde. Ja, eventyret

havde godt hørt, at der var meget mistrivsel blandt børn og unge i det lille eventyrlige land.

Eventyret stod af toget – alle havde alt for travlt til at opdage eventyret. Det undrede den, for de var jo faktisk bare på vej fra et sted til et andet. Det kunne jo være en hvilepause, hvor de ikke skulle præstere, men bare være og se, hvad der skete – i landskabet, der fløj forbi togets vinduer eller se på, hvor forskellige lygtepælene var på stationerne, hvor toget holdt, for slet ikke at tale om, hvor forskellig landskabet og menneskene i toget blev præsenteret afhængig af lyset.

Eventyret satte sig og tænkte: Jeg må gå mere målrettet frem – finde dem, der gerne vil opleve eventyret.
Så opdagede det et stort lysskilt på perronen:" Oplev eventyret"
Det var en reklame for et datingside.

Hvorfor har jeg ikke tænkt på det før, småskændte eventyret lidt på sig selv. Det siger jo sig selv: mange vil gerne opleve det store kærlighedseventyr.

Det var ikke svært at finde nogen, der gerne ville den slags eventyr. Den kunne vælge og vrage i alle aldre, og det både på datingsider og mange andre steder, hvor nogle ind imellem glemte at se på deres skærm, for de var på jagt efter den rette til at opleve et kærlighedseventyr med.

Den forsøgte mange gange, men de fleste opgav eventyret, så snart det blev vanskeligt.

De ville kun have Happy Ending – ja, de troede, at det var det et eventyr gik ud på.

De havde slet ikke opdaget eller forstået, at et eventyr er en rejse i det ukendte, hvor man møder mindst tre store udfordringer, måske endda noget, der er farligt, men der er hjælp, der dukker op på uventede steder, men man skal være opmærksom for at opdage, at det er en hjælp.

Det er utroligt, tænkte eventyret, at et land, der har så mange eventyr ikke kender det magiske ved eventyr, at de ikke ved, at det er en rejse, hvor man skal lære nyt at kende, især om sig selv.

Den var heller ikke sikker på, at de forstod, at "de levede lykkeligt til deres dages ende" ikke betød, at deres liv var rosenrødt og uden problemer. For at være på eventyr er at være vågen, turde tage udfordringerne, overvinde besværlighederne, og glæde sig over det hele, og når man har lært det ved at være på eventyr, så kan man leve lykkeligt til sine dages ende, fordi man ved, at lykken er at være i livet både, når det er besværligt og let.

Eventyret er fortsat på vej for at finde en, der vil opleve eventyret – er det dig?

Mona Hvid

Den gamle

Grethe var senior, eller var hun ældre? Hun vidste ikke, hvad hun skulle kalde sig. Hun sad og tænkte på, at førhen ville hun have været en gammel kone, men det passede ikke til tiden. I dag var man kun rigtig værdifuld, hvis man var produktiv, så derfor var man ikke længere gammel, før man var meget gammel - og endda her skulle man være forsigtig ikke at kalde nogen for gammel, for man kunne risikere at fornærme dem. Hun sad og tænkte i sin stol, for hun syntes, at hendes liv var lidt øv, for hun havde ikke de kræfter, som hun havde tidligere, og der var heller ikke så meget sjovt. Hun havde jo prøvet alting før – ja, altså alt det, hun turde. Men jeg skal jo se ud, som om jeg kan klare det hele, ligesom førhen.

Hun skar en grimasse. Tænkte på, at der ligesom kun var to muligheder for folk i hendes alder – hun så i hvert fald stort set kun de to billeder i medierne. Enten blev man rost til skyerne for stadig at være ungdommelig. Stort plus at se ung ud, men man skulle også helst være blandt de produktive. Det var selvfølgelig bedst, at hvis man stadig arbejdede sådan med "et rigtigt arbejde," men ellers kunne man arbejde som frivillig.

Godt at vide, hvorfor arbejde næsten er blevet noget helligt – ja, selv statsministeren stod på sin talerstol og skældte folk ud, fordi de var dovne, hvis de kun ville arbejde på nedsat tid. Og hvis man ikke arbejdede, så skulle man forbruge: rejse, gå på restaurant, …, for så var man også med til at holde hjulene i gang.
Den anden mulighed hun havde, var at blive en del af ”ældrebyrden” – hvor hun kunne blive en stakkel, som var en belastning både for sin familie og for samfundet.

Grethe gøs lidt: Hvordan er det blevet sådan i vores lille rige land? Hun vidste det ikke, men kom så i tanke om, at børn heller ikke måtte være børn længere: de skulle så hurtigt, som muligt blive voksne. Pigerne klædte sig allerede i 8-årsalderen som unge kvinder, og der blev lagt vægt på, at de lærte noget, som var relevant for arbejdsmarkedet. Børnene blev målt og vejet i skolen, ikke som personer, men på deres kunnen.
Var hele befolkningen blevet ramt af den produktionssyge? Hun havde lige hørt, at man overvejede at omdøbe ”0. klasse” tilbage til ”børnehaveklassen,” for forældrene ville have, at deres børn ”lærte” noget i 0.klasse.

Ja, man var gået så langt, at studier ikke var beregnet til at fordybe sig, men kun lære det faglige, hvad der skulle læres på så kort tid, som muligt – derfor skar man også i længden af uddannelser.

Hun kom til at grine, for pludselig så hun, hvordan man klippede en hæl og hakkede en tå, ikke for at kunne passe skoen som i eventyret, men for at kunne passe ind i de kasser, som var overalt i vores liv – og man skulle passe på ikke at falde udenfor.

Hvad kunne hun som 76-årig stille op med, at verden omkring hende var blevet sådan?
Hun kunne selvfølgelig stemme på en anden statsminister næste gang, der var valg, men det blev det ikke anderledes af. Det var vist hende selv, der måtte gøre noget, men hvordan. Hun var træt, trist og opgivende, da hun slumrede hen. Pludselig stod en lille fe på lænestolens ryg – lige til venstre for hende. Sov hun? eller var hun vågen? Hun turde ikke dreje hovedet for at se efter, om det var rigtigt, at der var en fe, for så forsvandt den nok – det var jo ganske rart med en fe, når hun sad der og var lidt øv.

Pludselig svævede feen hen foran hendes ansigt! Den var ganske lille, var næsten gennemsigtig og skinnede med et gyldent skær – håret bølgede ned ad dens skuldre. Den lignede ganske rigtigt de feer, som man ser i bøger og på film, men hov – det var ikke en ung fe, men en gammel fe.

Feen grinede: "Der blev du godt nok overrasket! Du vidste slet ikke, at jeg var her – jeg har været her et stykke tid!" Feen havde sådan en smuk stemme. Stemmen var ikke ung og lys, som feerne i tegnefilm, men var varm og omsorgsfuld – en stemme, som gjorde hende godt.
Grethe var ved at tabe både næse og mund: "Er du virkelig, eller er jeg ved at blive tosset, eller er jeg blevet dement?"
"Nej, du er hverken tosset eller dement, men du har ikke været åben for at se mig, for du har haft så travlt med at passe ind og ligne alle de andre. Jeg har gået og puffet lidt til dig, for at du kunne få øjnene op for den illusion, som verden er ved at falde i søvn i. Nu er du ved at begynde at vågne lidt. Og du skulle også komme dertil, hvor du var klar over, at du må gøre noget andet, inden tristheden tog livtag med din livsglæde."
Feen tav.
Grethe mærkede dens ord og kunne mærke, at hendes

livsglæde faktisk allerede havde taget skade – hendes livsglæde var lidt vingeskudt. Feen havde ret, hun havde hele tiden forsøgt at passe ind, uanset om hun reelt havde lyst til det eller ej.

Det var som om feen læste hendes tanker: ”Hvad har du lyst til, Grethe?”

Tårerne begyndte at trille ned ad hendes kinder – hun anede det ikke. Hun havde helt glemt, hvad hun havde lyst til – ikke om hun havde lyst til spejlæg eller kogt æg, men sådan rigtig lyst til.

Det var endnu en chokerende tanke: at hun havde glemt, hvad hun havde lyst til, fordi hun bare havde gjort det, som andre gjorde, og som hun troede, hun skulle.

”Jamen, jeg aner det ikke. Jeg har jo brugt al min tid på at holde mit hjem, min have osv pænt. Ja, jeg har da også brugt lidt kræfter på at holde mig selv – måske ikke pæn, for det er jeg ikke længere”

Feen afbrød hende: ”Visse-vasse! Du er så pæn, som du skal være, men nu er det tid til, at du bruger dine kræfter på noget andet. For det er rigtigt, at du ikke har så mange kræfter, som du havde en gang. Jeg skal betro dig en hemmelighed: Det er faktisk fidusen ved at blive ældre, at kræfterne langsomt svinder ind – for så bliver du tvunget til at gøre noget anderledes! Ja, nogle vil ikke acceptere, at det er sådan, og så bliver de sure gamle mænd eller bitre koner."

Nu røg Grethes kæbe næsten helt ned på brystet: "Er det meningen, at mine kræfter skal mindskes?"

"Ja, indtil du indser, at det er tid til, at du får ryddet op i dine forestillinger om, hvordan verden er, hvordan du er, og hvordan du skal leve. Alderdommen er frihedens alder! I går og bilder jer ind, at det er de unge, der kan leve det frie liv. Det er en illusion er nok nødvendig for, at de tør begynde at folde deres vinger ud. Men den reelle frihed kommer i alderdommen, kan du slet ikke se det?"

Grethe så nærmest ud, som om hun var faldet ned fra himlen – men det var jo feer, der kunne falde ned fra himlen.

Feen grinede af Grethes pudsige udtryk. Sådan en ordentlig larmende skratlatter. Grethe hoppede i stolen, kunne sådan en lille fe larme så meget? Hun begyndte også at grine, først hendes sædvanlige pæne grin, men de kom nærmest til at grine om kap, så til sidst brølede hun af latter, og tårerne trillede, nej de nærmest sprøjtede ud til alle sider. Sådan havde hun aldrig grinet før, jo måske en enkelt gang eller to, men da havde hun også været fuld.

Det var så befriende, hun kunne nærmest mærke, at en masse stivhed i hendes krop forsvandt. Ja, også i hendes sind.

Da de havde fået grinet af, og maven var holdt op med at hoppe af at grine, begyndte ordene at komme. Først langsomt, men efterhånden kom de så hurtigt, at de nærmest væltede ud af munden på Grethe:
"Frihedens alder! Sådan har jeg aldrig fået beskrevet alderdommen, men du har jo ret. Jeg skal jo ikke så meget mere! Jeg skal ikke passe et arbejde, og jeg får alligevel penge ind på kontoen hver måned. Jeg skal ikke passe børn, og selvom jeg passer børnebørnene en gang i mellem, så er de ikke mit ansvar. Hov, det var da også noget nyt, som jeg ikke har tænkt før: Mine børnebørn er ikke mit ansvar – det er deres forældres! Selvfølgelig skal jeg bidrage og støtte mine børnebørn, men jeg behøver ikke bekymre mig.
Jeg får en helt ny følelse: Jeg behøver ikke længere at bekymre mig!

Kan jeg lære det? Jeg har jo altid bekymret mig, som alle mennesker gør. Det vil være helt nyt og meget anderledes, hvis jeg kunne lade være med det. Det er jo blevet en vane, ligesom jeg selvfølgelig børster tænder, inden jeg går i seng. Og hvis jeg ikke var så bekymret, for hvad der kunne ske, og hvad andre tænker? Hvad kunne jeg så ikke finde på? Vil du hjælpe mig med at lære det? Hvad hedder du for resten?"
Feen smilede, så hendes lille rynkede ansigt blev endnu mere rynket af glade smilerynker:
"Jeg vil gerne hjælpe dig – og det bliver en stor forandring! Mit navn behøver du ikke at kende. Du skal bare tænke på mig, så er jeg her."

Og du kan digte videre på, hvad der så sker i Grethes nye eventyrlige liv.

Mona Hvid

Drage på eventyr?

Hun troede, at hun kendte sig selv efterhånden. Havde hun ikke opdaget sine styrker og svagheder? Hendes liv havde været fyldt med mange gode oplevelser, megen glæde, men der havde absolut også været meget svært, både sorg, psykisk pres og fysisk smerte.
Hendes tilgang til livet var, at hun var her for at lære, og livets tilskikkelser – også de smertefulde – var muligheder for at lære. Muligheder for at hun kunne opdage skyggerne i krogene af sit sind, få dem frem i lyset. Måske skulle de igennem en ordentlig gang rengøring, ligesom når man finder en gammel skat, skal først spindelvævet og snavset fjernes, derefter må man gå i gang med at pudse. Det kan tage tid at få fjernet alt patinaen, der kan være mange lag, før skatten skinner og viser al sin skønhed, og kan tilføjes til en del af hende.

Når hun havde været ved at blive flået i stykker af sorg og sygdom, havde hun altid trøstet sig med, at hendes hjerte blev styrket og udvidet, så hun kunne rumme endnu mere kærlighed – hun manglede ord til at forklare det.

Nu sad hun her en meget tidlig morgen i mørket – den værste storm i mands minde var så småt ved at klinge af. Når storm raser, så kan det også ruske op i noget, der ligger dybere, noget skjult – både ude, men også i mennesker.

Men hvad var det?
Noget sagde hende, at hun havde endnu mere indre kraft, end hun havde erkendt.
Men hvad?
Var det tid til at drage på eventyr – at drage ud i det ukendte for at finde skatten? Hun vidste, at hun måtte gå ind i den mørke skov uden at vide, hvilken vej hun skulle gå.

Hun vidste, at der var veje og vildveje. Nogle vil kalde det forkerte veje eller omveje, men viise mennesker havde sagt, at omveje og gå forkert var lige så vigtige, som den direkte vej – den "rigtige" vej. For det var her, man opdagede nyt: nogle af de største opfindelser var blevet opdaget, fordi nogen var gået forkert og lavet fejl. Den mest kendte af sådanne vildveje var opfindelsen af penicillin.

På rejsen vil der også være farer. Faktisk var det prøver, hvor eventyreren blev prøvet af, for at finde sin styrke, ved at turde tænke anderledes, se verden med andre øjne for at opdage mulighederne. Men der vil også være hjælpere, som ville støtte og hjælpe hende med at finde vej.
Hun anede ikke, hvad det var hun ledte efter – anede ikke, hvad skatten var.

Hun sad stille i mørket og lyttede til stormen og regnen, der piskede på ruderne. I stilheden – ja, stormen og regnen larmede, men i stilheden i hendes tanker, så hun pludselig et mønster i det, som hun havde skrevet på det sidste: Alle hendes hovedpersoner bed IKKE livet i låret!
De havde begrænset sig for at leve det pæne liv. De havde lyttet så meget til, hvad andre forventede af dem, og var blevet i det sikre og trygge. De havde ikke vovet pelsen og havde bevæget sig ud i det uvisse.

Var det et spejl af hende selv?

Der i mørket, hvor verden ruskede, blev hun rusket: Hun levede også det sikre og trygge liv – hun havde faktisk kæmpet i flere år med slem sygdom, men den var jo blevet en kendte følgesvend nu, så …

Stilhed

Hun kom til at tænke på Nelson Mandelas indsættelsestale, og måtte finde den på nettet:

Vor dybeste frygt er ikke
at vi er utilstrækkelige.
Vor dybeste frygt er
at vi er grænseløse kraftfulde.
Det er vort lys, ikke vort mørke
der skræmmer os mest.

Der er intet oplyst ved at gøre dig mindre
så andre mennesker omkring dig ikke vil føle sig usikre.
Vi er født til at manifestere det guddommelige i os.
Det er i os alle.

Vi spørger os selv:
"Er jeg virkelig strålende begavet,
Vidunderligt, talentfuld og eventyrlig"?
Er det i virkeligheden ikke det du er?
Du er et Guds barn!
At gøre dig mindre, tjener ikke verden!

Når vi lader vores eget lys skinne
giver vi ubevidst andre mennesker lov til det samme.
Når vi frigør os fra vores egen frygt
befrier vores tilstedeværelse automatisk andre.
(Nelson Mandela 1994)

Hun sad stille og tog ordene til sig – lod dem fylde sig, og mærke styrken og modet til at bevæge sig ud i det ukendte for at finde noget mere af sit lys, eller rettere for at lade mere af lyset skinne.

Hun var nu tryg ved at gå på nye opdagelser/drage på eventyr. Nu kendte hun målet: at finde mere af sin power, sin indre kraft, sit lys.

Hun anede ikke hvordan, men hun var blevet vækket af sin tornerosesøvn, så hun ville være åben, holde øje med, hvornår konformiteten og trangen til det sikre, stoppede hende fra at tage nye udfordringer i livet – små som store. Og hun vidste, at bevidstheden om det, for det første var det vigtigste, men dette ville også være hendes vejviser.

Mona Hvid

Eventyret om den onde I-man og I-pattebørnene

Der var engang en ond troldmand. Han ville eje tankerne inde i hovedet på alle børn. Den stygge troldmand hed I-man, fordi han kun tænkte på sig selv: Mig, mig, mig, I,I,I. jeg, jeg, jeg. I-man var så ond, at han også var en hadefuld far over for sine egne børn, hadsk over for sin kone, sparkede børnenes kæledyr og hadede naturen.

Men den onde I-man var til gengæld meget, meget klog og opfindsom. Han brugte sin klogskab til at finde en måde at erobre alle børns tanker og fylde dem med sine egne for at tjene penge på dem. Der var ganske vist mange andre onde troldmænd, der også ville ind i folks hoveder og erobre verden, men I-man var den klogeste og groveste.

Der var ganske vist en gammel mægtig troldmand, som brutalt havde fået stor magt over menneskenes liv. Han var blevet så magtfuld, at ingen, heller ikke han selv, troede på, at han kunne styrtes fra sin mægtige trone. Men hans succes gjorde ham fed, sløv, glemsom og upåvirkelig for gode råd. Derfor glemte han at forny sine kasser og forny sine trylleformularer.

Pludselig var tiden løbet fra ham, og så var det for sent at ændre. Hans trylleord virkede ikke mere, og folk vendte sig fra ham og gik til I-mans nye lettere I-religion.
Mange andre troldmænd opfandt kasser, som skulle suge børnenes tanker og fantasier ind i sig og gøre dem afhængige. Men de var for fortænkte, spidsfindige og grådige, så de fleste af kasserne var alt for besværlige at bruge. Derfor smed børnene dem væk og rakte tunge ad dem.
Børnene blev til I-pattebørn
Men I-man lavede en helt særlig kasse som han kaldte I-pat. Den havde en lysende skærm, som man bare skulle røre, så viste den børnene alt det, de troede de gerne ville se. Den lokkede dem med farver, lyd, oplevelser og udfordringer ind i en verden, de ikke kunne finde ud af igen. De hang fast. Børnene blev så afhængige af den falske drømmeverden, de sad fast i, at de brugte deres I-pat mere og mere. Til sidst hang de i den hele dagen og nogen gange også natten, så de ikke fik sovet nok. De blev derfor trætte, sure og tvære. Men det værste var, at de blev tømt for deres egne drømme og fantasi. Børnene blev gjort til I-pattebørn, som sugede deres fattige næring fra den lysende skærm dag og nat, som var det en erstatning for deres mors bryst

For at få alle børnene med, narrede I-man allerførst en masse naive, men indflydelsesrige voksne til at synes, at hans kasser var vidunderlige. De blev hans velvillige hjælpere, ja nærmest præster. De voksne var ikke vant til de nye tryllekasser og havde ikke så let til at lære at bruge dem. Men I-mans kasser var så lette at bruge, at de voksne troede, at de var rigtigt dygtige. De hoppede derfor på I-mans limpind. Lærere, journaliser og mange forældre med indflydelse blev I-mans svorne disciple og reklamerede for I-patterne. De købte dem i dyre domme og store mængder til skoler, børnehaver og til deres børn. Den onde I-man frydede sig. Han var godt på vej til at erobre ikke blot børnenes tanker, men også de voksnes. I-mans kasser var meget dyre, derfor kostede det en masse penge for de voksne at være afhængig af I-mans kasser. Nogen brugte så mange penge, at der ikke var nok penge tilbage til at købe mad for. I-man tænkte, at nu var han en Gud, som næsten hele verden tilbad.

De andre troldmænd ville stadig gerne have en bid af børnene og de voksnes tanker og penge. Men det havde I-man forudset langt før. Han havde lavet sine tankekasser på en måde, så man hang fast og ikke kunne komme over i de

andres kasser og bruge deres trylleformularer, selv om de havde lært af I-man og gjort dem lettere at bruge.
I-man udviklede hele tiden sine kasser og trylleformularer, så de kunne mere og mere. Han ville ikke længere nøjes med at eje alle menneskers tanker, men også deres penge, ja hele deres liv fra vugge til grav.
Der gik år efter år efter år, og de fleste troede, at de blev mere og mere glade for deres I-liv. De forstod ikke, at det var et kunstigt liv.
Fantasien blev væk
Men nogen børn følte, hvordan fantasien blev taget fra dem, når de blev trukket længere og længere ind i I-kassen. De følte deres verden blev snævrere. Kassen strammede mere og mere og fik dem til at konkurrere mere og mere mod hinanden, lyve om hvor dygtige og dejlige de var, mens de i virkeligheden følte sig flove over sig selv, selvom de var dejlige, kønne og kloge børn. De begyndte at spille klaver, guitar og alle mulige andre instrumenter, de dyrkede sport og levede i den virkelige verden med leg, kærlighed og kærtegn. De brugte nu kun I-kassen engang imellem, når de virkelig havde glæde af den.

De kloge naturlige børn blev også enige om, at der måtte gøres noget ved den onde I-man. Tanketyveriet kunne ikke vare ved. Selv blandt de naive voksne var der nogen, der begyndte at gennemskue, at det ikke var så godt, at de havde været med til at gøre børnene og sig selv til I-pattebørn.

Men det var børnene, der tog sagen i egen hånd. De satte sig sammen og holdt rådslagning for at finde på en plan. De fandt sammen ud af, at I-man troede han var Gud og af mange næsten blev opfattet som en gud. Det var svært at finde de rigtige våben i den situation. Men børnene var snedige. Den onde I-man havde en svaghed. Det var forfængelighed. Og mod forfængelighed findes et enorm stærkt våben, og det er smiger og smiger har ingen grænser.

Børnene opsøgte I-man og kom i kontakt med ham ved stort besvær, for der var mange der beskyttede ham. De havde udvalgt fem børn til at hjælpe med opgaven, Milde, Sanderman, Anna Sang, Bjørnemanden og Freja Frisk.

Milde kom ind til I-man. Med sit milde væsen sagde hun med sin mest indsmigrende stemme: " Store I-man, du som er vor gud, som hersker over hele verden og giver vores ynkelige liv indhold. Vi er tusindvis af børn, som tilbeder dig ooohh mægtige hersker. Vi har bygget et tempel til din pris for at tilbede dig. Men for at det bliver rigtig godt og perfekt, beder vi dig om at velsigne templet i egen høje person." I-man syntes kun det var rimeligt med et tempel til sin pris, men blev alligevel lidt smigret. Han lovede derfor at komme og indvie og velsigne templet. Mille lovede, at der ville være tusindvis af børn og barnlige sjæle samt nyhedsmedier til indvielsen med deres I-kasser, som de ville underholde ham med.

I-mans ypperstepræster syntes, at det var en dårlig ide. De sagde til ham, at det var spild af tid, men I-mans forfængelighed var tilstrækkeligt pirret af børnene. Tanken om at blive tilbedt i et tempel forekom ham rimeligt, så han fejede ypperstepræsterne væk, bankede i bordet og skreg: "Undersåtter! Jeg kommer for at høre jeres bøn og velsigne templet til min pris."

I I-mans tempel

Børnene forberedte sig grundigt på den store I-nejdag, hvor de skulle kaste åget af sig og falde fra patten. De havde fundet en kæmpestor klippehule og lavet en stor åbning i den. Hulen skulle være templet, som den onde I-man skulle lokkes ind i. De havde fyldt den med rigtige musikinstrumenter, dansegulv, træer, alle former for natur samt deres kæledyr og bøger.

Den store dag kom , og I-man havde iklædt sig sit mest magtfulde troldmandstøj. I hænderne bar han magtregalierne. I den højre hånd førte han den største og nyeste I-kasse som et scepter og i den venstre hånd den mindste, smarteste og dyreste I-kasse som et kronæble. Han følte sig magtfuld, han følte sig som verdens hersker, ja han følte sig som Gud. Da Milde og I-man nærmede sig hulen blev I-man lidt bekymret:
"Jeg ser ikke noget tempel eller nogen journalister, kun et kæmpe bjerg" brølede I-man.
"Jo det er verdens største bjerg, som millioner af børn har udhulet til et tempel til din pris. Et almindeligt menneskeligt bygningsværk kunne aldrig blive vældigt nok. Det står selv i I-kassen og pressen venter indenfor," smiskede Milde med sin mest indsmigrende stemme og pegede på indgangen til hulen.
"Der har du ret i. Intet menneskeligt bygningsværk er mig værdigt," udtalte I-man og skred frem mod den vældige indgang til hulen, men stoppede lidt op. "Kom nu, kom nu. De længes alle sammen efter dig, og der er ikke noget at være bange for oh store I-Man," hviskede Milde med sin allermest indsmigrende stemme.

I-man skred så værdigt og magtfuldt med fremstrakte I-regalier, mens han messede: I,I,I, jeg, jeg, jeg, mig, mig, mig. Ingen over og ingen ved siden af."

I-man bliver besejret

Men straks han trådte ind ad indgangen til grotten, sprang Sanderman og Bjørnemand frem og greb ham i armene og holdt dem som i et skruestik, så I-man tabte de dyre I-kasser, der gik i tusind stykker. Men det var ikke det værste for I-man. Han skreg af frygt og smerte, da Anna Sang med sin søde naturlige stemme fremførte den smukkeste sang a`capella. Den havde jo ikke været igennem en I-kasse, men kom lige fra hjertet og brystet. Han følte det rædselsvækkende, men den første lille sprække var slået i hans I-panser. Det skulle dog blive værre. Millioner af stearinlys blev tændt i hulen og et for I-man hæsligt syn tonede frem foran ham. I-man skreg og hylede og forsøgte at vriste sig løs, men Sanderman og Bjørnemand holdt ham fast i et jerngreb. Han nåede dog lige at sparke til en kanin, som passerede for tæt forbi.

Hulen var fyldt med børn, der legede lege sammen og var kærlige over for hinanden. Det var den skinbarlige virkelighed, der udfoldede sig foran I-mans frygtfyldte øjne. Han kunne ikke tro det. Der var børn, som spillede på hæslige klaverer, stygge guitarer og masser af andre instrumenter, som burde høre fortiden til. Børnene konkurrerede ikke om at være den smukkeste, den klogeste eller den stærkeste. De fandt heller ikke på at lyve om sig selv for, at de andre børn skulle blive misundelige på dem. Friske Freja og mange andre børn passede på deres kæledyr og gav dem og hinden masser af kærlighed. Der stod endog stakkevis af bøger.

I-man skreg nu ikke mere, men var sunket sammen og blev kun holdt oppe af de to stærke drenge. Han tryglede dem om at slippe ham fri og lade ham komme ud af hulen og slippe fra de hæslige oplevelser og den truende natur.

De var barmhjertige og støttede I-man ud ad indgangen, hvorefter han blev bragt hjem. Men I-man var knækket og svækket. Han erkendte, at han ikke var Gud, han herskede ikke mere over børnene, og mange voksne I-dyrkere havde også fået sløret revet fra øjnene. Han fandt det så sørgeligt, at han sygnede mere og mere hen. Han lignede slet ikke sig selv mere, og til sidst gik han i opløsning af sorg og græmmelse. I-mans magt var brudt, selv om mange voksne havde svært ved at vænne sig til at frigøre sig og opleve den virkelige verden.

Børnene og naturen vinder

Børnene jublede. De havde endeligt revet sig løs fra I-patten-Flere og flere begyndte at læse og opleve bøgernes vidunderlige verden. De gik til koncerter med virkelige instrumenter og spillede selv på dem. Mange var begyndt at tale direkte til hinanden med kærlige ord og vendinger. Flere og flere vågede sig ud i den natur, som de troede var farlig, som de ikke havde oplevet, fordi de var klinet til I-kassen. Hvor var der dejligt ude på landet og i skoven. Hvor duftede blomsterne dejligt. Hvor var himlen, skyerne, stjernerne og vandet smukt. De følte sig lykkelige som i Paradis.
Men også i Paradis er der en slange. Efter I-mans fald så den onde X-man sit snit til at prøve at opkaste sig til verdens hersker. Mange voksne var allerede begyndt at tilbede ham. Men børnene havde lært lektien for fremtiden. De ville ikke mere tilbede falske guder, der tilbød dem lette løsninger og frelse.
Efter den første forkastelse af alle kasser med deres trylleformularer, fik børnene tænkt tingene igennem. De tog kasserne kritisk til sig og brugte dem kun, når de kunne anvendes til at lette livet og give dem tid og mulighed for at synge, danse, spille, være mere sammen med dem de elsker. I det hele taget leve livet i takt med naturen.

Børnene blev efterhånden voksne, men de glemte ikke deres børnelærdom, som de gav videre til deres børn og så videre. De var ikke mere så lette at narre. De levede derfor lykkeligt til verdens ende. Snip snap snude, den historie er aldrig ude.

Niels Torben Volqvartz

Et hjerte af guld

Kapitel 1

Han er ikke en helt almindelig julenisse.

Og dog er han så almindelig, hvis man ikke vidste bedre, en helt almindelig julenisse, en af dem, der ofte kommer på tilbud i stormagasinerne et par dage før juleaften.

Han er 90 centimeter høj. Hans hue har den rigtige røde julefarve, det samme har trøjen. Træsko, bukser, strømper, er af samme kvalitet som hans søskende, der kom til verden på gipsfabrikken, alt til julens glæde. Hans skæg er hvidt og langt som julemandens.

Den store, men ikke synlig forskel på ham og de andre nisser, der kom til verden på gipsfabrikken, alt til julens glæde, er, at han er født med et hjerte af guld. Måske var det, derfor bondens kone faldt for ham, hvem ved -, da hun sammen med sin veninde, i begyndelsen af november, tog toget til København, til stormagasinet, for at købe julegaver.

Nissen er den mest tålmodige og videbegærlige gipsnisse, der nogensinde er kommet ud af gipsfabrikkens forme, og den eneste nogensinde med et hjerte af guld.

Han påklædning, gør ham i stand til at tilbringe, alle døgnets firetyve timer i regn, og rusk, i sne og frost uden at få forfrysninger, på trappen til bondehuset, kun få kilometer fra Søllested by. Bondehuset er for største delen opført af drivtømmer fra stormfloden i 1872. Et bondehus, der lever op til nutidens ønske om genbrug.
Han er en elsket nisse, mere elsket end de fleste nisser, måske fordi han er så god til at lytte-. Han er bedsteven med gårdens sorte kat, for er der nogen, der forstår hinanden, er det netop de to, de behøver ikke ord. Katten, er en fortæller af højeste karat, når den fortæller om sine rejser rundt i verden, glemmer nissen både tid og sted.

Kapitel 2
Kattens oplevelser giver ham indblik i en verden, der er helt, helt anderledes end trappen og gårdspladsen, noget der er meget, meget større end han kan tænke sig til. End ikke samværet med sine søskende på hylden i stormagasinets juleafdeling og de mange juletravle mennesker har givet ham sådan et indblik.

Han glemmer, bilerne, der suser ind på gårdspladsen, så fuglene må flygte for deres liv, glemmer folkene og pakkerne, glemmer posten, der som den eneste altid hilser på ham.
Det er så forunderligt med menneskers hastværk, det er som om de aldrig kan få tid nok, helt anderledes end katten, der altid har tid nok.
Fuglene har også tid nok, de sætter sig gerne ved hans fod, når katten sover eller er på jagt. De er som katten også gode fortællere, men til forskel for den ser de verden mest fra oven. Men det er nissen ganske godt tilfreds med, det giver ligesom livet et helt andet perspektiv. Han ville ønske, han som dem, kunne flyve langt op i luften. ”Hvor må det være vidunderligt,” tænker han og sukker. Han får udlængsel, men han ved, at han må blive stående, hvor han står.
Han ser på asfalten i gården, den kedelige grå asfalt og brostenene. Han kan bedst lide brostenene, deres lidt slidte runde facon. ”Der må have boet, nisser på gården lang tid før hans tid,” tænker han. ”Han må huske at spørge katten, den må vide det.”
Han nyder det rødbrune løv, der når vinden suser rundt i gården, snart ligger i det ene hjørne og snart i det andet. Nej, keder sig det gør han bestemt ikke.

Men så! Bedst som han står og småsover og glæder sig til, at katten kommer, sker der noget meget, meget ubehageligt. Han fryser om fødderne, det gør så ondt, så ondt, han kan ikke holde det ud, det gør ondt i hvert eneste led i benene, han må gøre noget.

Og uden han ved af det, som ved et trylleslag, giver han sig til at hoppe. Og pludselig går det op for ham, at han kan bevæge sig, det er en løjerlig fornemmelse, men også ret behageligt. Han prøver igen, han kan hoppe fra den ene side af trappen til den anden, han kan endda stå på et ben. "Det er den gode gips," tænker han. Han ved ikke, at det er, fordi han har et hjerte af guld.

Der går to dage før katten kommer, den har haft travlt i roekulen. "Den ser noget forædt ud," tænker nissen, der ikke helt ved, hvad forædt betyder, det er et ord gråspurvene har lært ham.

Kapitel 3

Katten bliver noget overrasket, da den ser sin bedsteven. Nissen fortæller, at han for et par dage siden blev så forfærdelig kold på fødderne, at han troede, at hans sidste time var kommet, men så skete der, ligesom et mirakel, for

pludselig kunne han hoppe fra den ene side til den anden, og så var benene ikke kolde mere.
"Du er en vidunderlig gipsnisse, en helt igennem vidunderlig gipsnisse," siger katten og stryger sig op af ham.
Nissen bliver så varm i sit guldhjerte, at han kan mærke varmen helt ud i fingerspidserne. Og som den naturligste ting i verden bøjer han sig ned, stryger katten over pelsen. Og før han ved af det, er han på vej ned af trappen, på vej over gårdspladsen, hen til døren til laden som han uden besvær åbner, og der, derinde midt på gulvet ligger verdens største bunke hø. Der dufter så dejligt, og ser så indbydende ud, at han bare må derhen.
Aldrig før i gårdens historie, har nogen nisse nydt en bunke hø så meget som ham. Det dejlig bløde hø, der dufter og kilder ham i næseborene. Det er næsten som den første nat, han stod på trappen, da stjernerne blinkede til ham, månen skinnede ned på ham og lysene i træet strålede om kap med stjernerne. Han lægger sig til rette i høet, og suger duften og friheden ind.
Katten, der ellers aldrig er mundlam, står tilbage på trappen, tror ikke sine egne øjne, det er et mirakel, det er ikke mindre et

mirakel, det er julemagi, der er nisser på spil, rigtig levende nisser.
Og nisser er der, de kommer allevegne fra, og snart er gårdspladsen fyldt med nisser.
Katten trækker sig tilbage, prøver at gå i et med trappen, den er ikke stolt ved situationen.
En ældre nisse, på vej hen til laden, ser det, og stopper op.
"Du skal ikke være bange sortemis," siger nissen, "i aften skal vi feste, vi skal feste for vores nye ven, kom med kære ven."
Det lader katten sig ikke sige to gange, sammen følges de over gårdspladsen og ind i laden. Katten er spændt på, hvad nisserne har gang i.
Selvom den er stopmæt efter besøget i roekulen, slikker den sig om munden, da den ser bordet med alle herlighederne, der som ved et trylleslag eller er det julemagi? Står, hvor den gamle traktor plejer at stå.
På bordet er der alt, hvad et hjerte kan begære, det gælder både nissehjerter, kattehjerter, fuglehjerter og musehjerter.

Kapitel 4

Der er kæmpe fade med risengrød med kanel, skåle fyldt med smørklatter. Der er æbleskiver, klejner og varm kakao. Der er

ost til musene. Der er fade fyldt med fløde, denne vidunderlig gule fløde, der kan få enhver gårdkat til at glemme alt om roekuler. Overalt er der pyntet op til fest, julefest.
Men katten, den har kun øje for fløden, og knapt har den nærmet sig bordet, før en nisse sætter et fad med den lækreste piskefløde foran den. Den drikker og drikker til den er ved at revne, imens den nyder summen af alle de glade stemmer, for i virkeligheden er den en ensom kat. Den kan ikke lide at være alene, den kan ikke lide at gå på jagt. Den hader rotterne, den vil meget hellere ligge på slagbænken i køkkenet eller ved komfuret som, da den var killing, men det er slut. Og da bonden er en forfærdelig nærig rad, der kun under den vand at drikke og et par skiver rugbrød med leverpostej, er den tvunget til at jage for, at overleve.
Men nissen, ham, har vi næsten glemt, han er den gladeste, lykkeligste af alle nisserne, aldrig har han haft det så godt, så sjovt, og så er der risengrøden, der er som stjernedrys i en enhver nisses mave.
De festede lige til den lyse morgen, lige til solen stod op, og klokkeren ringede julen ind. Det var den rene jule- nissemagi. Og bonden, han hørte intet, han sov sødeligt i sin seng. Han sagde senere, at han aldrig, hverken før eller siden havde

sovet så godt som den nat, og at der aldrig før havde været så rent i laden, det måtte have været nisser på spil, det selvom han ikke troede på nisser.
Men knapt havde klokken slået sit sidste slag, før nissen sad i kanen sammen med de nisser, der var kommet for at hente ham, klar til at flyve til julemanden.
Tilbage på trappen står der nu en helt almindelig gipsnisse. Men, da den ligner nissen med guldhjertet, er der ingen, der ligger mærke til det.
Og katten, hvad blev der af den? Jo, den er flyttet med nissen til julemanden, for han ville ikke undvære sin allerbedste ven, hvem vil det?
Men bonden, han er ked af det, han savner sin kat. Men han kunne jo, bare have givet den lidt fløde, bare en gang imellem, lidt andesteg og andet godt, og ladet den ligge ved komfuret, så var den nok blevet, hvem ved?

Birthe Aela Faarvang

Udsyn

Der var engang en nisse. Han boede helt alene på et høloft i en lade langt ude på landet. Der havde han boet i så mange år, at han ikke havde tal på det. Men der var sket meget i hans lange nisseliv; og han var ikke længere en glad og tilfreds nisse. Der var ingen køer i stalden, hvor han kunne få slukket sin tørst i den varme, friskmalkede mælk. Der var ingen sjove grise med stive børster, som han kunne lægge sig henover og blive kløet på ryggen. Der var ingen høns, der kaglede hyggeligt og lagde dejlige æg, og der var hverken ænder eller gæs, som han kunne drille og tirre, så de skræppede op og vækkede gårdejeren fra hans middagslur. De store, stærke heste var blevet erstattet af to dumme køtere, som ikke havde andre opgaver end at spise, sove, gå ture i snor, logre med halerne og blive glade når de fik tørre kiks, som deres mennesker kaldte ”godbidder”. Det var blevet et kedeligt nisseliv. Selv høet på loftet var fejet sammen og blevet smidt ud på naboens mark. Han havde derfor lavet sig et lidt anderledes hjørne deroppe på loftet. Et gammelt dukkehus og nogle hundetæpper udgjorde nissens skjulte bolig. Det var bare blevet så keeedeligt.

”Jeg går hjemmefra!”, sagde han højt til sig selv en morgen, han vågnede og slog øjnene op.
”Jeg vil ikke være gårdnisse mere, når der ikke er nogen gård, der må være noget andet, jeg kan være!”

Han rystede sin røde hue og gik fast besluttet ned af trappen fra loftet. Han sikrede sig fri bane, inden han slog et slag forbi stuehusets køkken for at snuppe lidt forråd med til turen. Han var heldigvis huskendt og vidste, hvor han skulle finde både vådt og tørt.

- ”Sådan! Det var det! Tak for den tid vi har kendt hinanden.” Nissens beslutsomhed stod malet i hans ansigt. Hundene fulgte ham helt hen til døren, de kendte ham jo godt, men der havde altid været en tavs forståelse imellem dem. Som det sidste, klappede han begge hunde og sagde: ”Farvel med jer to firbenede kræ, nu går jeg ud i friheden!” Døren smækkede, og væk var nissen.

Ude på vejen kikkede nissen til højre, og han kikkede til venstre. Han gik til højre. Med raske skridt derudaf, marcherede han med næsen i sky. Han indåndende den friske luft fra skoven, og han nød synet af skyerne på den blå himmel. Han gik, og han gik fuld af god energi og trang til at prøve noget nyt.

Pludselig fik han øje på noget. Det var jo nisser. Og der var flere. De stod i en have og så ud som om de hyggede sig og talte sammen. Nogle så gamle ud, andre så lidt yngre ud, og så var der både mænd og koner. Der ville han gerne flytte ind.

”Halli-hallo”, råbte nissen og fægtede med begge arme. ”Må jeg være med?” Nisserne kikkede på ham, - målte ham med skeptiske øjne.

”Er du en havenisse?” spurgte en af dem, mens de andre rykkede lidt sammen og nysgerrigt fulgte med. Så stod han der og gjorde sig til.

- ”Njaa, ikke just havenisse”, svarede nissen, ”men jeg har altid ønsket mig at blive det.” Han løj, for han vidste ikke, at der fandtes havenisser. Ingen sagde så meget, men en af damerne rykkede sig lidt og gav ham en plads imellem dem i den kreds der nu opstod.

Han kikkede rundt. "Jeg er altså i virkeligheden en gårdnisse, som er blevet træt at af være gårdnisse", sagde han for at åbne.

- ”Vi er havenisser" sagde en nisse, som stod med en harmonika på brystet. "Vi bor til pynt her, hvor vores mennesker er helt vilde med os", grinede han jovialt. "Jo mere fjollet du kan være, jo bedre er det", sluttede havenissen. "Velkommen i vores lille havenissekoloni, bare fjol igennem." Havenissen grinede højt af sig selv.

"Tak", svarede nissen og rettede lidt på sin hue, "det må jeg prøve, om jeg kan finde ud af."

I det samme var der en af havenisserne, der åbnede sin frakke og blottede sig. Han var helt nøgen under frakken. Nissen blev flov og kikkede væk; det syn kunne han ikke lide. Men så skete der noget nyt. Det larmede om ørerne på dem. Med lynets hastighed kom en maskine susende over græsset, der hvor de stod. Nogen sprang for livet, andre ventede på at maskinen vendte om. Der sad en kone på den. Hun styrede den og kørte rundt og rundt for at slå græs. Sikke en infernalsk larm. En af havenisserne røg på en pibe. Det var en grim lugt, syntes nissen, som aldrig havde lugtet den slags røg før. Han kendte kun til brændeovnsrøg, og den lugt kunne han meget godt lide.

Et andet sted i kredsen stod en nissedame med ryggen til. Med et bukkede hun forover, som om hun var ved at snuble, men så løftede hun op i sin nederdel. Nu skulle han altså også se på en bar numse der ude i haven. Nissen vidste ikke, om han skulle grine eller græde. Han kunne slet ikke lide det han så.

- "Nå, hva' så?" var der en af havenisserne der spurgte, efter at han havde stået der i kreds med dem et par dage, "er du ved at finde melodien?" Hvilken melodi, tænkte han og gned sig i skægget. "Vil du have det pæne svar, eller vil du have det ærlige svar?" svarede nissen og blev modig.
- "Giv mig det ærlige! Du ved, man kommer længst med ærlighed." Det var lige det, der skulle til.

Nissen tog sin hue, rystede den godt og grundigt og beholdt den i hånden, mens han svarede: "Her kan jeg ikke være længere. Jeg er ikke på jeres nisseniveau. Jeg har netop lige i dette øjeblik besluttet, at jeg drager videre." Han satte sin hue sikkert på plads på hovedet og kikkede rundt i gruppen. "Hav det godt og mor jer!", sagde han og rakte en arm i vejret til et HEJ, og så gik han ellers med raske skridt ud af den vulgære nissehavekoloni.

Nissen gik og gik. Armene lod han svinge lystigt i takt med sine skridt. Ja, ja, tænkte han, man kan ikke være heldig, første gang man prøver noget nyt.

Han var ved at være træt, da huset kom til syne. Det var ikke et helt almindeligt hus, og det var slet ikke en gård. Hvidt, med et højt tårn og med en flot låge ind. Åhh, der ville han søge husly. Han kunne let komme gennem lågen og ind i huset.

"Hallo, er her nogen?", råbte han, men der var ingen der svarede. Der måtte ellers bo mange, med alle de siddepladser der var, tænkte han. Nå, de kunne jo være på arbejde, sådan som mennesker plejer.
Jeg er tørstig kom han i tanker om, jeg må finde noget at drikke. Måske er der også en lille godbid til en nisse håbede han på, mens han gik igennem rummet.
Det var en meget lang stue, tænkte nissen, som slet ikke vidste, at han befandt sig i en kirke. Han gik op forbi alteret og ud i sakristiet. Det var gjort klar næste højmesse. Dér stod en flaske. Han fik hurtigt drejet låget af. Hmmm, hvor det duftede godt. Nissen tog en ordentlig mundfuld. "Mums, hvor det smager!" råbte nissen så højt, at det gav genlyd i hele rummet. Den søde altervin faldt i nissens smag. Der var også en rulle chips, som han forsynede sig med, men de var nu lidt for tørre og smagsløse til hans smag. Han tog flere slurke for at stille sin tørst. Så begyndte han at grine højt, fordi han kom til at tænke på sine dage som havenisse. Han tog flere slurke af flasken. Han satte sig ned på gulvet med flasken mellem benene, og før han vidste af det, havde han tømt den, og han var blevet søvnig. Han lagde sig ned på ryggen og faldt tungt i søvn. Som om det var langt væk hørte nissen kirkeklokkerne

bimle, men det var først da han hørte orgelets toner, og koret der sang om en himmel der var blå og dejlig, at han vågnede. Er jeg mon død og kommet i himlen, tænkte han forvirret og gned sig i øjnene. Han rejste sig op, men var svimmel. Han ville ud derfra. I det samme kom der en stor mand gående målrettet imod ham. Han var i en lang kulsort kjole.

- "Det her bliver lidt for uhyggeligt for mig", hviskede nissen nu og blev lysvågen. Hans hoved værkede og benene var ikke helt stabile. – "Jeg må ud, ud, ud, ud", blev han ved med at hviske til sig selv, mens han i al ubemærkethed sneg sig langs væggen ud gennem først våbenhuset og siden ud at den store åbne kirkedør. Han satte i løb. Selv om han var ret utilpas i hele kroppen, så måtte han bare væk fra det sted. Han løb i retning af skoven. Han satte sig i en grøftekant og pustede ud, kikkede på de sorte ravne der fløjl rundt over ham og misundte dem deres fællesskab.

Mens han sad og genkaldte sig klokkeklangen og musikken slog det ham pludselig, at det snart måtte være jul. Mennesker gik tit i kirke til jul, og kirker har klokker, det vidste han. Han havde da forresten ligget og hørt disse klokker oppe på sit loft på gården, og så vidste han at der snart ville blive stillet grød på trappen til ham. Han sad og sundede sig lidt over forskrækkelsen. Ravnenes skrig skar igennem kraniet; sådan føltes det, - han besluttede derfor at søge ly i skovens stilhed. Han rejste sig og gik langs grøftekanten. Han skulle passe på ikke at rive sig på brombærkrattet, men de sorte bær, der sad tilbage, smagte stadig godt, selvom de var lidt tørre. Den grøft er uendelig, tænkte han, mens han gik og gik. *Man skal ikke springe over hvor gærdet* er lavest, havde han altid hørt mennesker sige, men hvad med grøfter? Skal man heller ikke hoppe over hvor grøften er lavest? Uanset hvor han kikkede ned var grøften dyb. *Hvor der er vilje, er der vej*. Det udtryk indfandt sig netop da nissen var ved at opgive. – ”jeg vil!” råbte han og tog et gigantisk tilløb.

Det lykkedes. Han sprang over grøften, som kun en viljestærk nisse kan. Glad og lettet med fornyet mod, begav nissen sig ind i skovens dyb. Han forstyrrede skovbundens mus og så duer flakse op fra trætoppe, men ellers var skoven hans helt egen.

Så stod hun der. Den sødeste nissepige. Hun stod bag et træ og fulgte hans færden. Han fik øje på hende, netop da hun ville gemme sig. De gule fletninger lyste op i skoven. Han råbte: ”Hej, hvem er du? Jeg gør ikke noget? Kom frit frem!”

Nissen tog sin røde hue af og vinkede med den. "Jeg er også en nisse, ligesom dig."
Pigen vendte om og kom ham i møde. De stod ansigt til ansigt kikkede op og ned ad hinanden. – "Hvem er du?" indledte gårdnissen. – "Jeg er en skovnisse," svarede hun, "men jeg er på udgik efter noget andet at tage mig til." – "Hvad mener du?", spurgte gårdnissen nysgerrigt. "Åh, ved du hvad?" svarede skovnissen, "det er svært at være skovnisse nu om stunder; menneskene fælder træerne for at lave varme til deres stuer, dyrene bliver jaget og skudt, der er hegn alle vegne," hun lød opgivende og oprevet, da hun fortsatte, "men det værste er, at mennesker elsker hunde. Små hunde, store hunde, søde hunde og farlige hunde får lov at løbe frit rundt i skoven, og det gør både dyr og nisser bange. Jeg overvejer at forlade skoven," sluttede hun og kikkede med et beslutsomt blik på nissen, som havde lyttet intenst.
Udtrykket *Vo intet vover, intet vinder,* kom til nissen i samme sekund, skovnissen havde sluttet sin fortælling.

- "Er du frisk og er du modig?", spurgte han derfor. Skovnissepigen var hurtig til at svare: "Jeg er frisk, jeg er modig og jeg er klar til nye eventyr. Hvorfor spørger du?"

- "Kom!", opfordrede nissen efter at have sat sin hue godt på plads. Hovedpinen var forsvundet og han var helt sikker i sin sag. Han rakte sin hånd frem og hun tog imod den. – "Jeg har en idé!", begyndte han.
- "Jeg vil ikke være gårdnisse, jeg egner mig ikke til at være havenisse, og kirkenisse er udelukket. Du søger væk fra skoven; altså farvel til skovnisse. Hvad med at vi to, - du og jeg, sammen går tilbage til mit sted. Oppe på loftet har jeg det dejligste sted med masser af plads. Der er rigeligt plads til os to. Så kunne vi være HUSNISSER, og bo der lige så længe vi vil. Jeg kender alle de gode steder, hvor menneskene gemmer deres godter. Og hundene, - de to tossede køtere, - de kender mig og er ikke farlige. Slut med ensomhed, kedsomhed, søvnløshed og hvad det ellers hedder alt sammen." Nissen havde talt sig varm og fået røde kinder.
- "Hvad vej skal vi?" svarede skovnissen. "Den vej her", svarede nissen mens han pegede med den en hånd og med den anden tog hendes hånd.

Igennem skoven, over grøften, igennem brombærkrat, forbi kirke og havnenisser. De løb hånd i hånd. Endelig nåede de gården; - altså huset. "Nu skal vi liste", hviskede nissen, "for ellers vækker vi hundene, og de larmer helt vildt." Nisserne listede ind gennem den gamle lade og hen til trappen. En stor overraskelse ventede oppe på det øverste trin. Nissen blev så glad, da han så det. Risengrød! Menneskene havde stillet en stor skål risengrød. Det måtte altså snart være jul.

"Velkommen" jublede han glad og svingede med sin hue, "sådan er det at være HUSNISSE her hos mig. Vi deler, og der er mere hvor det kommer fra, det ved jeg af erfaring." Skovnissepigen klappede i sine hænder af begejstring. Og begejstringen blev ikke mindre, da nissen viste hende sin gamle bolig og derefter gav hende frie hænder til selv at gå på opdagelse og supplere indretningen med et tvist af nissepige. De to nisser fandt hurtigt deres egen melodi. De nød hinandens selskab deroppe på det gamle høloft, og den ene dag tog den anden. Sommetider fik de lyst til at drille hundene, sommetider gik de på rov i kagedåserne. De levede gode liv som HUSNISSER og måske er de der stadig, for nisser bliver meget, meget gamle.

Ellen Johanne Larsen

Nissen fra Sverige

Hver dag, når børnene kom hjem fra skole, var der mørkt og koldt ude i stalden. Vinden susede også i de gamle bygninger, så de gav en masse lyde fra sig. Der var blafren af visne blade, som var føget ind i bygningerne. Indimellem lød der også en knagen og en puslen. Måske var der også mus derovre? Eller en eller flere katte havde søgt læ derovre? Man havde i hvert fald ikke lyst til at gå derover, mens det var mørkt.

Næ, det var skam anderledes i weekenden, hvor der var dagslys ovre i stalden. Der kunne man gå derover og kigge efter, om der var mus eller katte, der gemte sig.

Henne i skolen havde børnene hørt en lærer fortælle, at der var kommet en flok nisser løbende over broen fra Sverige, og nu var nisserne spredt rundt på Sjælland, hvor der var mange bondegårde, så de kunne gemme sig i staldbygningerne.

Nisser gemmer sig. De kan nemlig ikke fordrage støj fra biler, maskiner eller mennesker. De kan heller ikke fordrage katte.

De kan bedst lide at ligge og dase i et stille hjørne i en stald.

Men når de bliver sultne, er det en anden sag. Så er de nødt til at på jagt efter noget mad. Og indtil de finder noget spiseligt, skal man nok ikke forstyrre dem, for så kan de nemlig både være sure og gnavne. Ja, faktisk kan de godt finde på at slå ud efter både katte og mennesker, mens de løber rundt i staldene efter mad.

En aften midt i ugen kom børnene hjem fra skole og hørte et rabalder ovre fra en staldbygning. Begge stod stille på gårdspladsen et øjeblik. Selv moren var nervøs ved lyden fra stalden. Hun vidste dog, at faren var inde i stuen med hunden, så både moren og børnene skyndte sig ind i stuen til faren, så han kunne gå over i stalden og kigge efter, hvad der havde larmet sådan. Han var mere modig.

"Jeg vil med Far derover" sagde drengen. "Jeg tør godt, når Far går forrest".

"Jeg skal i hvert fald ikke med" sagde pigen. "Jeg bliver i køkkenet sammen med Mor".

Både faren og drengen tog store gummistøvler på og arbejdshandsker, så de kunne røre ved ting derovre. De gik ud ad døren og lod hunden være i køkkenet sammen med moren og pigen.

De gik over mod stalden, og drengen holdt sig bag ved sin far, så han hurtigt kunne løbe ud igen, hvis der var noget væmmeligt derovre. De bevægede sig derind og begyndte at kigge bag stabler af gammelt værktøj og legetøj. Der var ikke noget. Så gik de videre og ned til nogle halmballer. Der var sikkert mange mus dernede. Faren fjernede kun noget af det øverste på halmballen. Der var jo ikke så meget lys derovre, så man vidste ikke, hvad man fik hænderne i.

Pludselig hørte drengen en gnasken nede i enden af bygningen, hvor der lå nogle bunker af gamle kartofler. "Shh – kan du høre det?" spurgte drengen sin far, mens de stoppede op. "Dét der er større end en mus" sagde Far. "Og katte spiser i hvert fald ikke gamle kartofler". Han kiggede lidt tvivlrådigt ned mod kartoffelbunkerne. Drengen var også urolig nu. Han havde mest lyst til at løbe hurtigt ind til sin mor i køkkenet. Der hørtes stadig en gnasken nede fra en kartoffelbunke, så faren sagde til drengen, at han skulle bakke forsigtigt ud af stalden og løbe ind i køkkenet, så skulle han nok se dernede, hvad det var, der gnaskede. Far tog en skovl i hånden og begyndte at liste sig ned mod kartoffelbunken. Drengen skyndte sig at løbe ud af stalden uden at larme for meget og hurtigt ind til sin mor. Drengen sad nu i sikkerhed i det ene køkkenvindue, og pigen var kravlet op i det andet vindue og kiggede også ivrigt ud på den mørke gårdsplads.

Moren grinede af dem, mens hun lavede mad. ”Det er jo nok en julemus, der er på spil” sagde hun. ”Mus kan jo godt lide rå kartofler, og det lyder sikkert så højt med deres gnasken, fordi de har fundet nogle sprøde kartofler at gumle på”.
Pludselig så børnene deres far komme ud inde fra stalden. Han havde ikke længere noget i hænderne. Åh… han var længe om at komme ind og fortælle, hvad der var derude. De ventede spændt.
Endelig – nu kom faren grinende ind gennem stuen og ud i køkkenet. ”Ved I, hvad jeg så?” spurgte han børnene. ”Nej…” sagde børnene i kor. ”Fortæl nu” sagde de til ham. Faren drillede dem lidt. ”Er I nysgerrige? Skal I ikke ud at se, hvad det er?” ”Nej, tak” sagde pigen. ”Ikke, mens det er mørkt. Det kan jeg jo se i dagslys på lørdag. Og jeg vil have Mor med.”
”Sig det nu, Far” sagde drengen. Nu kunne faren ikke vente længere. ”Nå, så siger jeg det”. Selv moren slap grydeskeen lidt, mens hun lyttede.
”Nu skal I høre”, begyndte faren. ”Jeg listede mig frem med skovlen løftet ned mod kartoffelbunken. Da jeg nåede næsten derned, blev der en pause i gnaskeriet et øjeblik. Og mens jeg stod helt stille og lod øjnene glide fra side til side, så var der en lille hurtig bevægelse bagved den forreste kartoffelbunke.

Og pludselig kunne jeg se en lille nisse sidde med ryggen op ad staldmuren. Den havde en stor bagekartoffel i hånden, som den spiste af".

"Jeg har aldrig set en rigtig nisse før", begyndte Far. "Den er ca. 30 cm lang. Den har nogle alt for store bukser på med et stort stykke sejlgarn til at holde dem oppe. Den ser ikke særlig venlig ud, og den er ikke det mindste bange af sig. Den gloede på mig, der stod dér med skovlen løftet. Nissen var holdt op med at spise, men havde beholdt kartoflen i hånden. Og jeg stod helt stille, mens jeg tænkte, hvad jeg skulle gøre. Pludselig gjorde nissen bevægelse, som ikke var til at gå fejl af", fortsatte Far. "Den viftede med hånden som tegn til, at jeg skulle forsvinde. Nå, det gjorde jeg så. Jeg begyndte langsomt at gå ud. Jeg vendte mig om for at se, om den fulgte efter mig, men pludselig var den væk. Den sad heller ikke ved kartoffelbunken, og man kunne ikke høre nogen gnasken".

Både moren og børnene havde lyttet interesseret til historien.

"Nå", sagde drengen. "Så er det altså rigtigt. Vi havde hørt en lærer ovre i skolen fortælle, at der var en stor flok nisser fra Sverige, der var løbet over Øresundsbroen og nu gemte sig ude på landet på bondegårde. Men det var svært at tro, for vi har jo aldrig set en nisse. Så nu må Mor fortælle os om nisser i aften, når vi skal i seng, og så kan vi måske se den i weekenden, når der er dagslys, og vi tør gå ud i stalden. Og Far siger jo, at den ikke gør noget. Så det tør vi godt. Måske kan den sige noget. Det bliver spændende. Vi må høre om nisser senere".

I ugens løb havde der været en masse underlige lyde en gang imellem ovre fra stalden, men børnene var ikke helt sikre på, om det var regn og rusk, der var skyld i lydene, eller om det var nissen derude, der var sur og lavede larm.

Børnene havde fortalt de andre i skolen, at der var kommet en nisse i en af deres gamle bygninger. "Næh..." råbte børnene derovre i skolen. "Hvordan ser den ud? Hvor stor er den? Er den kommet løbende over broen helt fra Sverige?" Og de blev ved og ved med de mange spørgsmål. Børnene på gården blev snart trætte af at svare på spørgsmål. Det var jo faktisk deres far, der var den eneste, der havde set den.

Pigen, der gik en klasse under drengen, blev også spurgt om mange andre ting. Pludselig var der en af pigerne, der spurgte: "Hvad hedder den egentlig?" Øh... det vidste pigen fra gården da ikke. Det var der ingen, der havde tænkt på. Tænk engang – den kunne måske slet ikke tale? Måske forstod den slet ikke deres sprog i Danmark?

Det var ganske klart. De måtte altså ud i stalden i weekenden i dagslys og finde svar på de mange spørgsmål. "Tror du ikke, at det er bedst, at vi tager Far med?" spurgte pigen sin storebror. Hun var jo lidt yngre end broderen og ikke helt så modig. "Ha, ha…" sagde drengen. "Er du bange for en lille nisse?" Han grinede lidt af sin søster, der så lidt betænkelig ud. Hun ville i hvert fald spørge sin far ad, tænkte hun. Det skulle hendes bror ikke bestemme.

Næste dag op ad dagen kom der lidt sol, og vinden havde lagt sig. "Nu går jeg altså ud i stalden og kigger" sagde drengen. Han var i hvert fald ikke bange for en lille nisse, som kun var ca. 30 cm høj. Pigen kiggede efter broren. Hun var lidt i tvivl nu, om hun skulle gå med. Hold da op, hvor var hendes bror modig, synes hun. Hun råbte efter ham, at hun kom om lidt. Hun skyndte sig ud i gangen og begyndte at tage tøj på og nogle støvler, så hun kunne sparke nissen, hvis den ville bide i hendes tæer. Så skyndte hun sig ud på gårdspladsen, mens hun sørgede for, at deres hund blev inde i stuen.

Hun gik langsomt hen mod stalden, mens hun kaldte på sin bror. "Hvor er du?" råbte hun. "Øv…" drengen kom ærgerligt frem fra stalden. "Du skal være stille, ellers gemmer den sig", sagde drengen til hende. "Så kan vi jo ikke komme til at se den

eller måske snakke med den". Pigen lovede at være stille, og de gik ind i stalden igen. De gik meget langsomt fremad og stod stille mange gange for at lytte, om de kunne høre nissen. Pludselig, mens de stod stille og lyttede, var der en lyd som gammel mand, der snorkede. Drengen grinede, for det lød fuldstændig som en snorken fra hans farfar. Børnene gik meget stille frem efter lyden.
Og – pludselig så de nissen! Den lå i en høbunke og sov.
"Hej... du... nisse. Vågn lige op." Drengen skubbede lidt til nissen med foden, så den vågnede med et sæt. Pigen løb hen til staldåbningen. Hun skulle ikke nyde noget, men hun ville jo gerne kigge ned til høbunken.
Nissen gned sine øjne. Nu sov den jo lige så godt. Og så blev den vækket af drengen. Den blev lidt irriteret. Og den blev også mindet om, at den var sulten. Den gloede på drengen. Den var ikke bange for ham, bare han ville gå sin vej og tage sin støjende lillesøster med. Så kunne han finde noget at spise i fred og ro og lægge sig til at sove igen bagefter. Drengen kiggede på nissen, som nu havde sat sig op. "Hej, nisse – kan du tale? Hvad hedder du?".
Nissen kiggede undrende på drengen. "Olle" sagde nissen. Det lød sjovt, når han snakkede, men man kunne godt forstå

ham. Nissen pegede på drengen... "Øh – sagde drengen. Jeg hedder Roar. Min søster hedder Anna. Hvor kommer du fra? Er du løbet over broen fra Sverige sammen med de andre nisser?" Nissen gned sig på maven, mens han svarede drengen. "Kommer fra Malmø, og vi er en flok nisser, der er løbet over broen til Danmark. Vi var sultne. Har du noget, som jeg kan spise?"

Drengen nikkede ivrigt. "Nu skal jeg hente noget mad til dig inde fra køkkenet". Drengen skyndte sig ind efter noget brød og pålæg til nissen, for han synes, at han kunne huske, at nisser kunne blive frygtelig sure og drillesyge, når de var sultne. Han løb hurtigt ud på gårdspladsen igen, mens han råbte til nissen... "Hejsa Olle, jeg kommer nu med mad til dig." Han løb ind i stalden og ned mod høbunken, hvor han lagde maden til nissen. Han gik ud igen, så den kunne spise i fred. "Nå..." sagde han til sin søster. "Så har vi også fået nisse på gården".

Ugen igennem var der masser af støj i stalden. Nissen var ved at være godt sur og irriteret. Han kunne ikke helt komme til at sove, når han var træt. Faren på gården ville rydde op i stalden, inden det blev jul. Han gik frem og tilbage om dagen og skramlede med mange forskellige ting.

Der var også en anden, højst irriterende ting. Der var en hund på gården, som absolut skulle rende rundt i stalden og forstyrre Olle, så han ikke kunne gnaske sine kartofler og gamle pærer i fred. Han ville udtænke en plan, så han kunne forhindre hunden og faren i at komme rendende hele tiden. Han startede med at prøve at forskrække dem ved at snøfte højlydt, når de kom i nærheden af ham. Så måtte de da blive bange. Han snøftede højt og længe. Faderen tog ikke notits af ham, og hunden løb bare snusende rundt efter ham, som om han var en rotte, den skulle fange. Åh… altså! Olle blev mere og mere sur. De måtte da forstå, at han ville være i fred. Det hjalp ikke at snøfte åbenbart.

Nissen fandt et gammelt lagen, som han tog over hovedet. Måske ville de tro, at han var et spøgelse. Da faren og hunden nærmede sig, sagde Olle underlige lyde inde under lagnet. De standsede op… Faren grinede, da han hørte nissen, men hunden standsede også op, og så begyndte den at gø ad ham. Åh, sikken en larm. Nu kunne han da slet ikke være i fred, og han savnede den stille stald nu, hvor han kunne ligge og gnaske sine kartofler uden larm og gøen.

Dagen efter blev det weekend, og børnene tog godt med tøj på, og så drog de ud i stalden. Da de kom derind, råbte de:

”Olle, hvor er du?” Men nu havde Olle fået nok. Da børnene var inden for rækkevidde, begyndte nissen at smide gamle kartofler og afgnavede kartoffelstumper efter dem. Nu ville han have fred og ro til at spise og sove uden larm og nysgerrige blikke.

Juleugen var begyndt. Åh, hvor børnene glædede sig til at få gaver. Det var svært at vente. De havde næsten glemt Olle ude i stalden. Og han var jo også så sur på dem, at han smed kartofler og andet affald efter dem, når de gik derud. Bare de dog kunne gøre nissen i godt humør. ”Mor – hvordan kan vi gøre Olle i bedre humør?” spurgte børnene deres mor.

Moren grinede. ”Jeg ved godt, hvordan han bliver i bedre humør” sagde hun. ”Ved I, hvad nisser elsker?” ”Nej” skreg børnene. ”Sig det hurtigt, for det er altså ikke sjovt at have en sur nisse i stalden. Ham hér er en rigtig væmmelig drillenisse.”

”Ja… ” sagde moderen. ”Alle nisser elsker altså risengrød. Og I ved jo, at vi stiller et fad risengrød til ham ude i stalden dagen før juleaften. Og når han får sin grød, så bliver han glad og i langt bedre humør. Måske deler han med både rotter og katte ude i stalden, men det er ikke sikkert, for nisser elsker deres grød og vil kun nødigt dele med nogen.” ”Åh hvor bliver det skægt at se, om han kan lide det. Men hvornår skal vi så sætte det til ham?" spurgte børnene. "Dagen før juleaften er på torsdag, så der sætter vi grøden ud" svarede moren. Børnene kunne pludselig se, at der kun var få dage til, at Olle ville blive glad og måske holde op med at smide de gamle kartofler efter dem, nu hvor han fik dejlig grød. Og ugen gik også lidt hurtigere på den måde. De skulle jo også så mange andre ting i ugen, så det blev juleaften hurtigere. Og alle blev mere fornøjede ved tanken.

Torsdag aften gik moren med børnene ud i stalden med en skål risengrød i hånden. Den stillede hun på gulvet, så nissen kunne se den. Så gik de ind i køkkenet igen.

Næste dag, da børnene løb ud i stalden, og grøden var spist. Børnene blev lidt skuffede, men nu skulle de vente på, at de skulle holde juleaften.

Og næste dag kunne de se nissens sejlgarn fra bukserne ligge derude. Nissen havde spist så meget risengrød, så han ikke behøvede sejlgarnet til at holde sine bukser oppe. Men nissen var og blev væk.

Eva Schrøder Hare

Da lille Ellen blev væk fra mor og far.

Det var efterårsferie, så både mor og far havde taget fri fra arbejde for at være sammen med Ellen. Det regnede hele den første weekend, så da hyggede de sig hjemme med at bage kage og spille forskellige spil.

Om mandagen foreslog far at de besøgte Frederiksborg slot. De gik rundt et stykke tid sammen, men på et tidspunkt så Ellen nogle andre børn i lokalet ved siden af som var klædt ud. Hun gik hen til døren, men blev stoppet af en mand der stod ved døren. Mens hun stod og kiggede ind kom et ægtepar og henvendte sig til manden. Mens de talte sammen gik manden lidt til side og Ellen gik ind i lokalet og hen mod børnene. Pludselig greb en venlig dame fat i hendes arm og sagde "Nå der er du jeg kunne ikke finde dig. Kom med her". Ellen fulgte med damen ind i et andet rum, hvor damen begyndte at tage hendes frakke af og trak hendes kjole over hovedet på hende. Bagefter trak hun en anden kjole ned over hende og begyndte at rede hendes hår og satte en lille krone på hendes hoved. "Du må også lige tage skoene af" sagde damen og rakte hende et par guldsko. Ellen tog sine sko af og tog guldskoene på. “Så kan du godt gå ind til de andre igen” sagde damen. På vejen ind til de andre gik Ellen forbi et stort spejl. Nu så hun, at hun var klædt ud som en prinsesse. Hun fortsatte ind i lokalet og pludselig sagde en ældre mand, der sad klædt ud som en konge “Kom hen til mig min pige”. Ellen gik hen til ham og han løftede hende op på sit knæ og spurgte hvordan hun havde det. “Godt” svarede hun. “Jamen så må du hellere gå over til dine søskende og lege med dem” sagde kongen. Han satte hende ned på gulvet inden hun nåede at svare, så hun gik over til de andre børn, der legede med en snurretop på gulvet. Hun fik lov at prøve et par gange, indtil der pludselig var en mand der stillede sig midt i salen og klappede i hænderne “Tak, det var alt for i dag tak, så må I godt klæde om og så ses vi i morgen 10.30, fortsat god dag”. Ellen gik ind ved siden af og den søde dame hjalp hende med at skifte tøj og sagde “Det var godt jeg fandt dig, så vi kunne få taget den sidste scene. Kan du have det godt til i morgen. Kommer mor og henter dig?”. “Ja og far” sagde Ellen. Damen kiggede mærkeligt på Ellen og sagde “Din far, jamen er han ikke flyttet til USA Anne Grethe?”. “Jeg hedder altså Ellen” svarede Ellen. “Gud nej” sagde damen “Er du ikke Anne Grethe?, så var det jo slet ikke dig der skulle have været prinsessen, undskyld". "Det var da sjovt" svarede Ellen. "Jamen så tak for hjælpen" svarede damen.

Ellen gik ud i den store sal for at finde mor og far, men der var kun en ældre mand, der så på billederne på væggen. Ellen gik videre ind i det næste lokal. Der var de heller ikke, så hun løb ind i det næste og det næste rum uden at finde dem. Først i det tredje rum fandt hun dem. "Hvor har du været?" spurgte mor, "Vi har ledt efter dig i snart en time. Vi var bange at du var blevet væk". "Jeg har været prinsesse og siddet på Kongens knæ" fortalte Ellen. "Ja, det er godt med dig og alle dine eventyr" sagde far og klappede hende på hovedet. "Hvorfor har du taget elastik i håret?". "Det var damen der klædte mig ud, der gjorde det så jeg kunne få min prinsessekrone på". "Ja, ja godt med dig. Skal vi tage på McDonalds og få noget frokost?". Det ville Ellen gerne, så de gik ud til bilen og kørte hen til hendes yndlingsrestaurant og spiste.

Næste morgen da de sad ved morgenbordet, sad far med Amtsavisen og læste. Pludselig lagde han avisen foran mor og sagde “Det var vist alligevel ikke et af Ellens sædvanlige eventyr i går på slottet. Hun var prinsesse. Se her”. Ellen rejste sig hurtigt og gik over til mor og kiggede med i avisen. Der var et billede af Ellen, hvor hun sad på kongens knæ og mor læste højt “Nordisk film opdagede et nyt talent ved et tilfælde, da de i går på Frederiksborg Slot optog nogle scener til filmen “Kongens legebørn”. Vi vil gerne takke lille Ellen for hendes overtagelse af Anne Grethes rolle, da hun havde siddet fast i S-toget grundet en strømafbrydelse. Ellen kan hente tre fribilletter når filmen i december kommer i biografen.”. “Nå”, sagde Ellen “kan man så ikke opleve eventyr i sin efterårsferie?”. “Jo” sagde far “så nu har du fortjent en tur i Zoologisk Have”.

Peter-Hasse Bjørkman

Lysestagen

Der var engang en Lysestage. Stolt stod den på kaminhylden hos familien, og hver aften lyste den hele stuen op, til glæde for alle familiens medlemmer. Lysestagen var udformet i det flotteste og mest skinnende nysølv, og var gået i arv fra generation til generation. Lysestagen var så blank, at man kunne spejle sit eget billede i den. Lysestagen vidste godt, at den var familiens samlingspunkt når solen gik ned. Og stolt af det, det var den! Med rank ryg, tre arme og knejsende mod himlen, stod den og nød sin plads på kaminhylden.
Alle var betaget af Lysestagen. Når familien fik gæster, var den også altid det første de fik øje på.
ej, se mor, en lysestage! Er den ikke smuk? udbrød børnene altid når de så den.
En finere lysestage har jeg næppe før set, fortsatte moderen.

At være lysestage er lige noget for mig, sagde Lysestagen, *jeg lyser hele stuen op, og det er sundt for sjæl og krop,* fortsatte Lysestagen. Den var i sit poetiske element i aften. Det blev den altid når det var søndag, for så vidste den, at det var tid til

at få skiftet sine lys. Og hvis der var noget Lysestagen elskede, så var det at få skiftet sine lys.
Det er som at få renset ud og blive født på ny, når jeg igen kan lyse op over land og by, sagde Lysestagen.

Om søndagen blev Lysestagen også altid pudset og gnubbet, og hvis der var noget Lysestagen elskede, så var det at blive pudset og gnubbet. For når den var blevet rengjort og renset, kunne den igen stå skinnende og skarpt på kaminhylden, og lyse hele stuen op for alle familiens medlemmer.
Livet er nu ikke det værste man har, og om lidt er Lysestagen klar, og sådan fortsatte det mange år frem. Søndag efter søndag gennemgik Lysestagen det samme ritual, og søndag efter søndag stod den nypudset og poleret på kaminhylden.

En dag undrede Lysestagen sig, da den kunne se noget nyt var i gære. Lysestagen havde godt vidst, at noget var under opsejling, men den havde svært ved at forstå, præcis hvad der skete. Var den ved at brænde ud? Den følte sig godt nok en smule udbrændt – og det var ovenikøbet kun mandag, så der var en hel uge til, før den fik skiftet lys. Det var en mærkelig fornemmelse i kroppen. En følelse den ikke havde følt før. Som om dens tid var forbi.

Og rigtignok var Lysestagen blevet stillet i skabet. På den øverste hylde i det store hjørneskab, kunne den gennem en sprække i skabslågen, se ud i stuen og lige over på kaminhylden, hvor den så sent som i går aftes havde stået nypoleret og pudset.
Lysestagen havde ellers syntes at den var blevet pudset særligt længe og grundigt i går, som om den skulle skinne længere end normalt. Men nu gik det op for Lysestagen. Alle de grundige gnub, var slet ikke for at gøre Lysestagen ekstra fin, men fordi den skulle pakkes sammen og stilles på hylden.

Hvad skal jeg sig', min tid er forbi, nu er jeg blevet valgt fra. Før stod jeg så flot, mit liv var godt, nu ved jeg slet ikke hvad jeg har.

Det et godt gjort, tænkte Lysestagen. *Hele livet har man tjent for dem, og nu er jeg den de snart vil glem'.* Lysestagen satte sig for at undersøge, hvorfor den var blevet sat på hylden. For der måtte jo være en grund. Der er altid en grund, det har bedstemoderen i huset altid sagt. Og hun var ganske vist en statelig og ærværdig ældre dame, som altid vidste bedst. Det er så sandt som det er sagt.

Den efterfølgende morgen, hørte Lysestagen nogle pusle inde i den ellers tomme stue. Solen var på vej op over byens tage, og en stråle skinnede ind gennem vinduet i stuen. Helt perfekt flugtede strålen ind gennem sprækken i hjørneskabet, og blændende Lysestagen for en stund. *Jeg ser lyset,* sagde den, mens den troede dens tid var kommet. Men da solstrålen igen havde passeret sprækken i skabet, opdagede Lysestagen, at den stadig stod på hylden i skabet, og at den ikke var død. Selvom den måske i virkeligheden hellere ville være det. Den var aldrig før blevet stillet på hylden, og kunne godt mærke, at det ikke var spor sjovt.
Ud af sprækken kunne Lysestagen se, at den puslen den havde hørt, kom fra en mand der rodede med nogle lange tråde i forskellige farver. Det mindede mest af alt om guirlander, som dem familien altid hænger op til jul. Men Lysestagen vidste godt, at det slet ikke var jul endnu, så guirlander var det altså ikke. Familien var traditionsbunden, og pynter altid op den næstsidste weekend i november. Sådan

har det altid været, og sådan vil det forblive med at være. Så julepynt kunne det ikke være.

Men hvad mon det så er, der har givet mig dette mindreværd, sagde Lysestagen forundret. Hele dens liv var bygget op omkring det ene formål; at skinne for familien, og dens besøgende, i den nydelige stue, på den kaminhylde, hvor den lige så længe den kan huske, havde stået og skinnet.

Lysestagen kunne ikke rigtig se hvad der foregik ude i stuen. Men som tiden gik, blev den mere og mere nysgerrig. Det var en mærkelig rumsteren, og Lysestagen kunne se, at der foregik noget henne ved væggen. Nærmest inde i væggen, syntes denne puslen og meget mærkværdige larm at komme fra. Som om der boede nogle inde i væggen, eller at der foregik noget i væggen, som nu havde taget al fokus og fjernet det fra Lysestagen. Hvad var dette for noget, og hvem er det at gøre sådan et væsen af sig, sådan at stjæle fokus fra stuens samlingspunkt gennem generationer.

Men meget mere oplyst blev Lysestagen altså ikke den dag. Stuen ej heller, for familien havde som bekendt fjernet den eneste lyskilde fra stuen, foruden solens stråler, der ellers ikke var til megen hjælp, udover de få timer om dagen, hvor den lyste den ellers pæne stue op.

Lysestagen stod nu og samlede støv i skabet. Den vidste ingenting om, hvorfor den var blevet placeret der, og havde også sine bange anelser om, hvad der nu skulle ske. For det var som bekendt en traditionsbunden familie, som altid har holdt sine traditioner og sædvaner i hævd. Skete der noget nyt, skete det som regel meget sjældent. Lysestagen vidste, at der ikke var noget at stille op. Men al den tid, den nu har gjort gavn hos familien, kunne ingen tage fra den. Så den ville passende bruge tiden på at tænke tilbage på alle de gode minder, den i tidens løb har haft sammen med familien. Lysestagen vidste nemlig godt, at børnene i familien elskede naturen, og når efteråret nærmede sig, skulle de altid på den årlige skovtur. Her kunne børnene samle bær, bark, kviste, kastanjer, stilke og stængler, som de måtte være kreative med, når de igen kom hjem. Familiens høst fra den årlige skovtur, blev altid til den smukkeste dekoration fra den ældste datters hånd. I flotte farver, med forskellige bær og nødder, kviste og de smukkeste blomster, stod den altid næst for Lysestagens plads på kaminhylden. Der stod de i det meste af efterårsmånederne sammen, til glæde og gavn for hele familien. Når Lysestagens lys blev tændt om aftenen, lyste den dekorationens blomster op, i de flotteste skygger på væggen, som børnene altid havde den største fornøjelse over. *Farverige blomster til, i det smukkeste skyggespil, så er min lykke gjort,* sagde Lysestagen stolt.

Lysestagen mindedes også den juleaften, hvor hele familien var indbudt til at fejre julen sammen i familiens stue. Allerede sidst i november blev der sendt bud efter slægtninge fra nær og fjern, som skulle komme til familiens hus, og fejre juledagene i den hyggelige stue. Allerede tre dage inden jul, mødtes familien for at tage ud og fælde deres eget juletræ. Det gik der den hele eftermiddag med, hvor familiens mindste kunne løbe rundt og lege i sneen, ude i den store skov, hvor juletræerne stod på rad og række, i et omfang ingen af børnene nogensinde før havde set. Når det rigtige træ var fundet og udvalgt, hjalp alle i familien med at fælde og fragte det hjem. Når familien kom hjem igen, blev træet af faderen rejst, og stod nu der, rank og i den flotteste grønne farve, som kun grantræer kan. Selv ikke Lysestagen havde set så flot et træ før, og børnene hoppede og dansede rundt om det, i en vild glæde over hvor pænt det var. Når moderen havde fundet de mange kasser med julepynt frem, hjalp børnene med at pynte træet.

På hver en gren og på hver en kvist
sættes et stykke julepynt, det er ganske vist

Sådan sang børnene altid i kor, når de fik lov at pynte træet. Og det var ganske vist, for der var ikke mange grene på grantræet, som ikke var dækket af julepynt. Juletræet var pyntet med de fineste julekugler, kræmmerhuse, engle, hjemmehæklede huer med motiver af rensdyr, sliktoppe, kravlenisser og julehjerter. Julepynten er gået i arv gennem generationer, og meget af det er noget bedstemor selv har lavet, sammen med sin bedstemor, dengang hun var barn. Når træet var pyntet om aftenen, og hver en gren var dækket af pynt, blev Lysestagen altid tændt. Her lyste den stuen op for alle familiens medlemmer, som var indbudt til den årlige fejring af juledagene. Børnene legede i stuen, mens familiens voksne sad i sofaen og snakkede. Sådan gik der mange timer, lige indtil mørket havde lagt sig, og månens skær skinnede ind på Lysestagen, som stod der på kaminhylden, og lyste alt det bedste den havde lært.

Men det var som bekendt dengang. Nu stod Lysestagen i hjørneskabet, støvet og falmet og tænkte på, hvad det mon var der gjorde, at den nu var blevet aftaget fra sin vante plads på kaminhylden. Lysestagen havde et ønske om at finde ud af det

Lidt afklarethed må da være på sin plads for hvem kan se sig selv tilfreds med bare at blive lagt på hylden, tænkte Lysestagen.

Lysestagen funderede meget og længe over, hvilken skæbne der nu ville overgå den. Skulle den mon smeltes om til et askebæger, som kunne stå på middagsbordet og være de flygtige resters endeplads. Så kunne den rigtig være samlingspunkt for familiens ældre, der efter middagen skulle have et stykke tobak, tænkte Lysestagen. Men nej, en lysestage som den her, kunne næppe ende sine dage som askebæger, det var Lysestagen overbevist om.

Mon man havde hørt om Lysestagen ude i det ganske danske land, og snakken var måske sågar nået kongefamilien, som havde sendt bud efter Lysestagen.

Min tid er nu kommet, der er blevet sendt bud.

Jeg skal skinne for kongen, for jeg er blevet valgt ud, tænkte Lysestagen.

Men Lysestagen blev hverken smeltet om eller skulle skinne for kongefamilien. Lysestagen hørte nogle stemmer i stuen, og det næste Lysestagen så, var et sidste glimt af stuen, før den blev pakket ind i et klæde og lagt i en kasse. Der var mørkt og Lysestagen lå klemt

Jeg har aldrig skinnet med så svag en kraft
og så lidt plads har jeg aldrig før haft.

Bedst som Lysestagen troede, at det var gået hverken værre eller bedre, og nærved havde mistet modet, blev kassen åbnet og klædet fjernet, og Lysestagen kunne se, at den var kommet til et sted, hvor den aldrig før havde været. Lysestagen havde godt nok stået i flere hjem, for den var som bekendt gået i arv fra generation til generation. Men dette hjem havde den aldrig før set.

I det nye rum var der mindre end hos familien, men dog hyggeligt, synes Lysestagen. Men hos de kongelige var det dog næppe, det vidste Lysestagen trods alt.

I den lille hybel, hvor der ikke var meget plads, blev Lysestagen stillet i vindueskarmen. Herfra kunne den se ud over hele byen. Når natten faldt på, og månens skær lyste hustagene op over byen, kunne man i det fjerne hjørne af

byen, højt oppe fra vindueskarmen i den lille hybel, se den stue, hvor Lysestagen før så stolt stod og lyste.
Bedst som Lysestagen ikke vidste hvor den var havnet, viste det sig at den nu stod i vindueskarmen, hos familiens ældste datter der var flyttet ud.

Sådan gik det til, at Lysestagen atter kunne lyse ud i stuen for alle familiens medlemmer. Selvom kaminhylden var blevet skiftet ud med en vindueskarm, og familien ikke var nær så stor, havde Lysestagen igen fundet sin plads. For var der noget Lysestagen elskede, så var det at lyse stuen op, for alle familiens medlemmer.

Emil Probst

Måske en fe-verden

Mit liv var tomt og trist efter jeg var flyttet fra det hus, jeg var født i.

Jeg var sygemeldt med en brækket arm og fyret fra mit job.

Kunne ikke foretage mig ret meget, men sad i min lænestol foran vinduet og så ud på landsbyens forskellige huse,

Der lå et lille hus lige overfor mit vindue, og jeg havde faktisk ikke set nogen beboere i flere uger, men en dag så jeg en lille pige åbne døren, da postbuddet kom forbi med en pakke.

Hun så meget lille og spinkel ud og virkede nervøs og lukkede hurtigt døren igen.

Hun opholdt sig tilsyneladende hele tiden inde i huset.

Jeg så kun et glimt af hende, når hun åbnede, hvis der kom et bud forbi.

Jeg ville så gerne tale med hende, og finde ud af, hvem hun var, men det lykkedes ikke.

Hun lukkede aldrig op, når jeg gik over og bankede på døren, og jeg så aldrig nogen andre i huset.

Ingen mor og ingen far.

Om aftenen var der helt mørkt i huset.

Nysgerrigheden sejrede, så jeg blev næsten helt besat af at finde ud af, hvem pigen var og hvorfor hun aldrig kom ud.
Jeg spurgte mine andre naboer, men alle vidste ikke mere end jeg havde gættet i forvejen.
Mine tanker vævede som et strikketøj konstant om pigen.

*

En nat vågnede jeg og hørte en stemme tale til mig:
Nu skal jeg fortælle dig en historie. Lille Eva er en fe, der er kommet i klemme i en tidslomme og ikke kan finde tilbage til sin familie. Jeg kan desværre ikke hjælpe hende.
Hun er synlig om dagen, men tør ikke gå udenfor, fordi der ikke er mennesker mere, der tror på, at der findes feer.
Om natten kan hun godt komme udenfor, fordi hun er usynlig efter midnat.
Hver nat går hun ud i skoven, og hun ved, at der er bestemt træ i skoven, det allerstørste i skoven, hvor der vil komme en nysgerrig kvinde forbi, der vil kunne hjælpe hende tilbage til hendes egen familie, fordi hun tror på fe-verdenen.

*

Næste morgen vågnede jeg først kl. 10. Det var aldrig sket tidligere, for jeg var et morgenmenneske og vågnede altid kl. 6. Jeg var omtåget og forvirret, men samtidig var der en ro over mig. Jeg huskede noget, der mindede om en drøm. Under morgenkaffen begyndte jeg at tænke, om det jeg huskede var en drøm eller … ja, hvad kunne det være?

*

Jeg gik ned på biblioteket og spurgte, om de kunne hjælpe mig med nogle bøger om feer. De kiggede undrende på mig, men henviste mig til børnebiblioteket. Jeg sagde tak for hjælpen og gik lidt rundt i den afdeling, men det var ikke det, jeg ledte efter.

Så gik jeg tilbage til voksenafdelingen, og satte mig på den lille grønne sofa, der var blevet sat ind for nylig.

Jeg lukkede øjnene og lod tankerne flyde. Hørte en stille stemme sige. Gå hen til næste reol. Der står en lille tynd grøn bog, der falder ud, når du går forbi.

Underligt. Jeg vidste ikke, hvad jeg skulle mene, men følte mig opstemt og nysgerrig.

Og ganske rigtig. Der faldt en lille bog ud. Jeg tog den op og læste den ene side efter den anden. Totalt opslugt. Den handlede om mennesker, der troede på fe-verdenen. Den bog måtte jeg låne.

Jeg gik hen til bibliotekaren, da der stod, at deres IT-systemer var nede, men så kunne jeg ikke låne bogen, men måtte komme igen i morgen.
Fuldstændig henrevet og med hovedet fuld af en ny verden, måtte jeg tage hjem uden bogen, men opstemt og nysgerrig. Jeg husker ikke, hvordan jeg kom hjem, men skyndte mig. Det kunne ikke gå hurtigt nok. Jeg skulle hjem og google alt, hvad jeg kunne finde på nettet.

*

Det var nu ikke meget, men jeg havde en dejlig aften og syntes endelig livet var værd at leve igen.
Da det blev mørkt kiggede jeg over på nabohuset. Det var helt mørkt, jeg satte mig på verandaen og nød aftenluften og så på den stjerneklare himmel, da jeg syntes, jeg så en bevægelse, som en lille trækvind. Var det pigen, der gik ud i skoven for at finde det store træ. Jeg overvejede at følge efter, men jeg er mørkeræd, så det havde jeg ikke spor lyst til.
Jeg gik i seng og sov drømmeløs søvn til næste morgen kl. 6. Jeg gik hvileløst rundt efter at have drukket min morgenkaffe. Jeg skulle have tiden til at gå indtil biblioteket åbnede kl. 10.

Sikke en skuffelse. Jeg havde næsten ondt i maven af spænding. Skyndte mig ind og hen til hylden, men bogen var væk. Jeg ledte og ledte. Måske var det en anden hylde. Men nej, den var der ikke. Tilbage til bibliotekaren.

- Jeg kan ikke finde den bog, jeg ville låne i går.
- Det var ikke så godt, hvad hedder den
- Det kan jeg ikke huske
- Ja, så kan jeg dårlig hjælpe dig

Jeg satte mig hen på den grønne sofa og ventede på at komme i tanke om, hvad bogen hed. Men jeg var slet ikke sikker på, at den hed noget. Den handlede bare om feer, og det vidste Bibliotekaren jo intet om.

Håbløst. Jeg måtte tage hjem uden bogen.

Jeg tænkte på det, stemmen havde sagt til mig:

- Den lille pige bliver først reddet, når hun møder et menneske, der tror på feer, og møder hende om natten i skoven ved det største træ.

Der var kun en ting at gøre. Jeg måtte overvinde min angst for mørke og det at være mørkeræd og gå i skoven i aften.

*

Som tænkt, så gjort. Jeg gjorde mig klar lidt før det blev helt mørkt, så var det måske ikke så farligt, hvis jeg kunne se lidt.

Men jeg tog en stor lommelygte i min rygsæk og en flaske vand og en sandwich. I tilfælde af at jeg ikke kunne finde træet og pigen og måske måtte overnatte, så kunne jeg klare det, for jeg havde også taget min sovepose med.
Jeg rystede over hele kroppen. Hvad var det dog, jeg havde kastet mig ud i. Og så bare på grund af en drøm eller hvad det nu var, jeg havde oplevet.
Men alligevel var mit liv nu ændret og jeg havde et mål. I hvert fald i nat.
Mørket faldt hurtigere på, end jeg havde troet, og efter et par timer i mørke med en krop, der rystede af angst, måtte jeg vende om. Ingen meget store træer og ingen pige.

*

Næste aften besluttede jeg mig for at prøve igen. Denne gang ville jeg vente til det var helt mørkt, så kunne jeg måske bedre orientere mig. Jeg havde proviant med igen, selv om jeg aldrig fik spist det, jeg havde taget med dagen før. Denne gang dog et stykke banankage i stedet for sandwich. Og nu var heldet mere med mig. Jeg gik rask afsted og kroppen rystede ikke så meget. Og pludselig kom jeg til en lille lysning, og der så jeg et kæmpe træ. Det måtte være det træ, pigen skulle komme ud til og møde en nysgerrig kvinde, der troede på, at der fandtes feer.

Jeg ventede til det næste var lyst, men pigen dukkede aldrig op.

*

Vel hjemme igen besluttede jeg, at jeg ville give det et tredje og sidste forsøg, og så ville jeg opgive mit fuldstændig skøre forsøg.

Troede jeg på feer, eller gjorde jeg ikke. Jeg vidste det faktisk ikke, men mit liv havde ændret sig. Nu havde jeg lyst til at finde en ny og spændende vej i livet.

*

Med den beslutning var jeg klar til skoven næste aften. Jeg følte mig modig og var ikke længere mørkeræd. Jeg kendte skoven og træerne, og de føltes som mine venner, for de havde hjulpet mig til et lysere sind med mod på livet. Jeg gik og smånynnede og lige som jeg drejede rundt på stien, hvor det største træ var, kunne jeg se den lille pige. Hun sad ved foden af træet og smilede til mig.

- Du kan se mig. Hvis du vidste, hvor jeg har ventet på dig. Nu kan jeg komme hjem.
-

Jeg ville tage et stykke kage frem til hende, men kom i tanke om, at jeg ikke havde taget noget med i dag.

- Tak fordi du har givet mig denne dejlige oplevelse. Jeg ville så gerne give dig noget at spise, men jeg har ingenting i dag
- Det skal du ikke tænke på. Jeg er alt for glad og spændt til at have lyst til at spise. Jeg er dig så taknemmelig. Håber ikke du glemmer mig. Om lidt er jeg hjemme.

Der kom en let vind og pigen var væk.

Jeg satte mig ned ved foden af træet, hvor hun havde siddet og blev siddende der til solen stod op, så rejste jeg mig og vendte mig mod træet. Jeg havde læst noget om, at man skulle kramme et træ. Jeg prøvede, men stammen var alt for tyk. Mon ikke det var nok bare at række armene så langt ud, som jeg kunne. Jeg prøvede og fik en fornemmelse af storhed, altfavnende livsglæde og håb for fremtiden.

*

Jeg gik langsomt hjem og blev siddende på altanen i min gyngestol. Blundede lidt. Var alt for bevæget til at have lyst til at spise noget. Om et par dage skulle gipsen tages af hendes arm, og så skulle hun finde sit nye livsmål i sit nye hus.

Jeg blev afbrudt at mine tanker, da der kom en bil kørende og 3 personer gik ind i huset overfor. Åbnede alle vinduer, og lød som om de støvsugede og luftede ud og nogle senere kom en bil fra en ejendomsmægler og satte et TILSALG skilt op.

*

Pigen var kommet hjem til hvor hun skulle være.
Jeg var blevet klogere og lykkeligere.
Om det var en drøm, et syn eller min stressede hjerne, der havde spillet mig et pus, anede jeg ikke, men det var også lige meget. Jeg kunne ikke lade være med at tro på, at der var nogen udenfor det, vi kunne se og høre med vores fornuftigt.

Måske er der også en FE-VERDEN.

Lone Rytsel

Da julens magi blev væk

Der var engang en gammel nisse, så gammel at han nok var den ældste nisse i Norden. Ingen, heller ikke ham selv, vidste egentlig hvor gammel han var, eller hvor han stammede fra. Han talte alle de nordiske sprog. Dansk, svensk, norsk, finsk, islandsk samt færøsk, og derfor var han nissernes overhoved. Julen var ved at nærme sig, og de første nisser begyndte at røre på sig. Men noget var anderledes i år, for julens magi lod vente på sig.

Gammelnissen vidste godt, at den opgave lå hos ham, hvor han nu måtte ty til magiens krystal kugle og spåkonen Ruth. Ruth var en gammelklog kone, ikke som gammel nissen, men alligevel meget klog, og hun vidste godt hvor hun kom fra. Hun hørte nemlig til i de danske skove. Ikke en bestemt skov, men den skov hvor der var tom fra nysgerrige ildelugtende mennesker. Hun kunne godt li menneskerne, bare ikke deres menneskelugte, som ikke var naturens friske dufte, og så al deres råben og skrigen, så dyrene flygtede. ”Nej tak” plejede hun at råbe, når hun kunne høre dem i det fjerne.

Nissen var af den overbevisning af Ruth og hendes krystalkugle kunne fortælle ham hvor julens magi var blevet af.

Ruth stod klar ”Godaften” Sagde hun til nissens overraskelse, for hun kunne fornemmede ham lang tid før han bankede på, hvor hun åbnede døren samtidig med han ville banke på.
Ruth vidste allerede hvorfor Gammelnissen kom, og krystalkuglen stod allerede klar til ham.
Kuglen havde et gyldent lys i og omkring sig, og der i så nissen straks da han stod foran den, at der inde i kuglen stod den smukkeste enhjørning på en kæmpe høj, parat til at springe ud fra højen af. Omkring den svævede en masse små lysvæsner, der spredte al deres magiske lysstøv omkring enhjørningen.
Nissen klappede i sine tykke hænder af bar glæde, over al den magi han her så.
Nissen kiggede på Ruth ”men Ruth, jeg finder da aldrig en enhjørning”
Nu klappede Ruth sig på sin tykke mave, og stak i et kæmpe grin. ”Enhjørning” sagde hun, og fortsatte ”Er magi og fantasi, men kommer for at fortælle dig, at mennesket har mistet deres fantasi og magi”
Gammelnissen tog hånden op til sit hoved, og lagde hovedet lidt på skrå ”Så fejlen ligger hos mennesket, og ikke hos nisserne”?

Pludselig forsvandt enhjørningen, og lyset ændrede sig til et mix af mørkerød og violet, som der stod i en lyssøjle op i loftet og lyste hele rummet op. Men der inde i kuglen dukkede Narren nu op.

Gammelnissen gispede, for varslede narren ikke ballade? For narren var jo kun ude på ballade, eller hvad? sagde han højlydt

"Nej-nej" kom det fra Ruth, narren kommer med budskabet "Tag lettere på tingene og find vores indre barn frem.

Gammelnissen rystede på hovedet "Jeg er blevet for gammel"

"Ja" kom det fra Ruth af "Deri ligger dit problem, for du er blevet for gammel, og derved ved at miste magien" Pludselig sprang nissen op, og prøvede at lave et spjæt med begge ben samtidig, for derved at banke begge hæle mod hinanden. Men den gik slet ikke, og han endte kun med at vælte ind i det nærmeste stol der stod ved ham.,

"Måske du har ret, men vi nisser bliver jo aldrig for gamle"

"Vi mister kun energien, hvis magien forsvinder hos menneskene"

Der gik der noget op for nissen, og han trak vejret dybt, og tænkte "Sikke en stor opgave jeg lige nu har fået"

Han forlod Ruth og hendes krystalkugle, lige så nedtrykt som da han kom ”Plant magiens energistøv hos mennesket” Var Ruths sidste kommentar, inden han gik mod sin egen del af skoven, til nissernes dal og eng.

Pludselig dalede en fjer ned fra himlen af, og landede lige oven på nissens hue, for derefter at dale lige ned foran hans nissestøvlespids.

Han kiggede op, og der så han pludselig alle lysvæsnerne der samlede sig omkring ham, samtidig med deres lys energi fik ham til at grine højlydt. Den opløftende energi fik ham til at føle, at han svævede på en sky, samtidig med han slet ikke kunne stoppe med at læ og måtte derved holde på sin mave, der bare hoppede op og ned i bar glæde.

”Nu har jeg den” råbte han højt hele vejen hjem til alle de andre nisser.

Hjem ad det nu gik, i let hoppende tempo. Hjem til varmen ved ilden, hjem til grøden og hyggen med nissemor og alle de andre nisser. Hvad var der egentlig at brokke sig over på sådan en dag?

Næste dag samlede gammelnissen engen og dalens overnisser, for at meddele dem hans nye ide ”genvind julens magi”

Hvordan skaffer vi en eventyrlig og magisk jul dette år og i fremtiden? Startede han deres nissemøde med.
Alle overnisserne kom med alle deres ideer i munden på hinanden.
Lige indtil gammelnissen tyssede på dem og sagde "Lysvæsnerne"
Der blev helt stille, og alle kiggede på hinanden "Lysvæsnerne" Og klappede i alle deres hænder.
Nissen fortsatte "Vi kalder på dem og ber dem flyve ud og drysse deres lysstøv ud over børn og voksne mens de sover.
Nisserne klappede endnu mere, så meget at deres nisseøl nu skvulpede ud over krusets kant.

Alle var bare så glade, især gammelnissen selv, der sendte en varm hilsen til Ruth og fjeren. Den fjer der nu sad i hans nissehue, som han også var sikker på Ruth, havde sendt på hans vej. Den som fik ham til at se op, og derved se lyset i stedet for ned i mørket.
Julens magi vendte tilbage, og alle barnlige sjæle fandt eventyret i sig selv igen.

Lene Holm Hansen

Elverpigen Elvira

Den lille snoede vej gemte sine hemmeligheder godt. En af dem var det hule træ omtrent midtvejs - lidt ude i kanten.

Der stod træet, og lignede et helt almindeligt, lidt afdanket træ. Det var det rene snyd. Andre ville kalde det "spil for galleriet."
For det var DET hule træ. Med alle hemmelighederne. Alle byens hemmeligheder. Den smukke - for tiden meget våde - by.

Den rummede mange mange hemmeligheder. Der var sjove, glade, sorgfulde osv. osv ... kort sagt, alle slags hemmeligheder.
Og det hule træ gemte dem alle, dybt og inderligt. Sammen med elverpigen Elvira. Hun boede og levede sit liv i træet.

Det var bestemt et godt sted at bo. Masser af rum - space - kaldte hendes venner det. Inde som ude. Der var plads til Glæde og Skønhed. Og udenfor en stor smuk mark at holde elverdansefest over. Højen var pløjet væk for mange liv siden. Meeeen de kunne sagtens danse deres elverdanse natten lang. Deres cirkler snoede sig ind og ud imellem hinanden. Og for hver cirkel lyst hele området. Alle sorgerne fik blonder på, og begyndte at blive lidt mindre stive i betrækkkene.

Nogle begyndte sågar at vandre sammen med Glæde. "Akkeja" - mumlede Karen, hun var kusine til Emma fra kæret i den nærmeste landsby - "glæder og sorger, de vandrer til hobe."

"Stille, stille," sang feerne, "nu gyldner vi ind. I hvert eneste hjem, og hvert eneste hjerte vi møder. Inde i den våde by. Så der vokser lidt håb og tro igen. I hvert eneste hjerteslag i byen."
Feerne gjorde deres gyldnerier.

Menneskene mærkede stille, meget stille håb, tro og mod. Det var meget stille. Men helt "mur og nagelfast," som en håndværker sagde.
Feerne fløj ud til det hule træ igen.

"Så nu gyldner det videre af sig selv" sang de, og hjerterne dansede.

Elverpigen Elvira elskede feernes gyldnerier. Og tænk, de fortsatte, hver eneste morgen og aften.
En lille stund. Hver enkelt kunne møde feernes gyldnerier - det var blot at åbne hjerterne. Så fløj de lige ind i hjerterummet og dansede det gyldent.

" Tænk, hvor meget der er her, i det hule træ" tænkte hun '"Jeps" svarede træet. "Det er bare at åbne hjertets ører-sangene er her altid. Hvor sorrig & glæde de vandrer til hobe"

Elverpigen Elvira dansede ballet i den rene Glæde. Og det hule træ strålede.

Men du skal være meget meget stille for både at høre og se det.

Jetthe Juanitta Tengwen Damgård

Medvirkende forfattere:

Mona Hvid

Niels Torben Volqvartz

Birthe Aela Faarvang

Ellen Johanne Larsen

Eva Schrøder Hare

Peter-Hasse Bjørkmann

Emil Probst

Lene Holm Hansen

Lone Rytsel

Jetthe Juanitta Tengwen Damgård

Eventyr-Antologi 2023

Tak til alle, der deltog i vores lille bog.

Lone Rytsel

På vegne af:

Sandvig Folkeoplysning og Fortælleværksted

Og

Bogforlaget i Sandvig